思想觀念的帶動者

文化現象的觀察者

本土經驗的整理者

生命故事的關懷者

寫出你的內心戲

WRITE DOWN YOUR INNER DRAMA

60 Interesting Writing Practices

60個有趣的心靈寫作練習

莊慧秋——著

拿到書稿，翻開幾頁，慧秋的字，好輕好輕，
彷彿決心不要在我手裡留下重量。
但當我拿起筆，選幾個起始句開始寫，
「我喜歡……我喜歡脫掉衣服，跳進春天的水裡。」
「自從……自從內心破掉以後，更開心了。」
「我看見……我看見自己是一隻鳥，有疤，不怕。」
自己的字，從手裡流出去如一條河，
牽動記憶的林、沖刷想像的岸。
於是我領悟到，這本魔法字帖，
不是用來讀，是用來寫的。

——陳文玲／政大廣告系教授兼X書院總導師

慧秋是我遇過最溫柔的人。
心靈寫作的功課與教學，
反映出參與者的內心世界，
讓人時而微笑，時而落淚，
慧秋是個體貼的老師，
總是盡力照顧課堂上的每一個環節。

在《寫出你的內心戲》一書中，
慧秋的溫柔化為文字，照拂更多人。
能夠上她的課、閱讀她寫作的書，是幸福的。

——瞿欣怡／作家、小貓流文化總編輯

目錄

【自序】一本小書，以及自編自導自演的一串內心戲　008
【前言】寫作，是為了認識自己　012

一、提筆就寫：踏出了解自己的第一步　026

❶我喜歡……　028
❷我討厭……　032
❸我熱愛……　036
❹我痛恨……　040
❺我想要……　044
❻我不要……　048
❼我記得……　052
❽我不記得……　056
❾我常常……　060
❿我很少……　064
⓫我看見……　068
⓬我聽見……　072
⓭我發現……　076
⓮此時此刻，我覺得……　080
⓯自從……之後……　084

二、我是誰：以創意探索心靈　088

⓰如果我是一隻動物，那我就是……　090
⓱如果我是一棵植物，那我就是……　094
⓲如果我是童話故事中的角色，那我就是……　098

⑲如果用一幅畫來代表我自己……　102

⑳我的面具是……　106

㉑其實我是一個……　110

㉒我最大的優點是……　114

㉓我最大的缺點是……　118

㉔如果我是一本小說，書名是……　122

三、記憶之河：跟過去的自己相遇　126

㉕小時候我是一個……的孩子……　128

㉖小時候，我很熟悉的一種味道……　132

㉗小時候，爸爸（媽媽）經常跟我說……　136

㉘小時候，我最大的盼望是……　140

㉙我心裡有一個難忘的畫面……　144

㉚我很難忘的一次晚餐……　148

㉛我很難忘的一次過年……　152

㉜我很難忘的一次旅行……　156

㉝我做過很勇敢的一件事……　160

㉞我很後悔的一件事……　164

㉟我做過很糗的一件事……　168

㊱那一天，我決定……　172

㊲如果時間可以倒流，我希望回到那一天……　176

㊳我在愛情裡學會的是……　180

四、凝視當下：平凡生活裡的情味　184

❸❾在家裡，我最喜歡的角落是……　186
❹⓪我有一個祕密基地……　190
❹❶今天，有一件美好的小事……　194
❹❷最近很有成就感的一件事……　198
❹❸最近我很苦惱的一件事……　202
❹❹最近我的生活有一些改變……　206
❹❺對我有特別意義的一道菜……　210
❹❻我的心裡有一首歌……　214
❹❼我的衣櫥裡，有一件特別的衣服……　218
❹❽我有一個可愛的朋友……　222
❹❾那一刻，我被大自然感動了……　226
❺⓪我想送給自己一份禮物……　230

五、心靈書信：勇敢說出心裡話　234

❺❶親愛的爸爸……　236
❺❷親愛的媽媽……　240
❺❸親愛的自己……　244
❺❹嗨，小時候的我……　248
❺❺嗨，親愛的十七歲……　252
❺❻親愛的主人，我是你的身體……　256
❺❼你曾經傷害過我……　260
❺❽謝謝你，我生命中的天使……　264
❺❾嗨，我心裡的小魔鬼……　268
❻⓪親愛的老天爺……　272

【附錄一】關於心靈寫作的 Q & A　277
❶一定要用紙筆嗎？可以用電腦寫作嗎？
❷每次一定要寫十分鐘嗎？
❸覺得腦袋一片空白，沒東西可寫，怎麼辦？
❹覺得自己寫的東西就像流水賬，沒什麼意義？
❺寫作碰觸到自己不願面對的情緒，怎麼辦？
❻寫作可以自我治療嗎？
❼如何創造新的起始句？
❽如何持續寫作的動力？

【附錄二】延伸閱讀　282

【自序】
一本小書，以及自編自導自演的一串內心戲

自從動手寫這本書的那一刻起，我的各種內心戲就開始輪番上演。

第一幕。

我輕鬆舒適坐在乾淨整齊的書桌前，以優雅的姿態打開筆記型電腦，就像對待一塊可口甜美的小蛋糕。我宛若置身地中海風格的白牆藍瓦度假小屋，窗外是碧海藍天的無敵美景，世界如此美好。我嘴角含笑，拿起閃閃發亮的仙女棒輕快揮舞，想像一篇篇行雲流水的精彩好文如噴泉般激湧而出，舞台上一群快樂的天使翩翩起舞。

第二幕。

一方蒼白無聊的斗室，書桌一片凌亂，睡眠不足的作者兩眼無神，電腦螢幕上好不容易誕生的幾行文字又立刻被自己無情地刪除。可口小蛋糕變成一大塊焦黑剛硬的鐵板，不但難以下嚥，還撞得門牙發疼。作者憤怒脫下優雅的外衣，揉成一團丟在地上，燒焦的仙女棒早已被踩得稀爛粉碎。

這時候突然響起一陣不耐煩的嘈雜聲，從作者的背後跳出兩隻喧騰討厭的小鬼，彼此爭執不休。自責鬼大聲批

評作者很沒效率，區區一本小書都寫不出來，難道要拖延到地老天荒；任性鬼則到處點火摔盤子發脾氣，耍賴躺在地板上，打定主意再也不要寫任何一個字。

第三幕。

我決定要搬家。

整整一個多月，我變成一隻忙碌的土撥鼠，雙手不曾停歇地翻動滿屋子的書籍雜物，整理、丟棄、回收、打包、封箱、油漆、水電、清潔、採買、搬運、拆箱、歸位、上架……，同時趁機挖個祕密洞穴，把支離破碎的書稿一股腦全埋入地底下，瀟灑轉身，暫時不想見到它。

第四幕。

瞬間的閃電劃破平靜的夜空，悶雷轟隆作響，逃避的事物終究會以更強大的氣勢伺機反撲。出版社的催稿電話如奪命連環摳令人驚心動魄，帶著殺氣的編輯披著張牙舞爪的黑色斗篷步步逼近，在牆上投射出可怕的魅影。無路可逃的作者只好把自己關進牢籠，門窗緊閉甘心自囚，還以鎖鏈把身體綑縛在書桌前面以表心志，發誓書稿未成絕不出關。

偏偏這時候年節將屆，耶誕和新年的歡欣氣息宛若女妖誘惑的歌聲，不斷從窗隙和門縫悄悄滲入；親朋好友的聚餐邀約就像哈利波特劇中的魔法信，源源不絕從四面八方飛騰湧來，讓人心癢難耐。作者痛苦咬牙摀住耳朵，拼命搖頭拒絕，像個戒毒者一樣躺在地上哀號打滾，寧可沉入自憐自艾的無邊泥沼，也要拔除腳上不由自主的紅色舞鞋，以免意志不堅的自己掙脫鎖鏈，越牆而出。

第五幕。

一場橫眉冷眼與自己強硬對抗的消耗型內戰，終於慢慢來到尾聲。厚重的盔甲緩緩卸下，疲憊的戰士深深呼吸一口春天的氣息，露出久違的笑容。

環目四顧，硝煙已經平息，悅耳的凱旋樂音從心底升起。戰士輕鬆伸展四肢，正要站上志得意滿的舞台，朗聲宣布戰爭勝利。突然間，一隻獐頭鼠目的懷疑鬼以飄忽的身形無聲無息欺近戰士身邊，帶著詭譎的笑容，挑起眉毛尖聲尖氣追問：「你確定戰爭已經結束了嗎？別傻了，這只是中場休息而已。真正嚴酷的戰場藏在銷售數字裡，那是一片冷峻蕭條了無生機的冰雪極地。你有把握可以存活嗎？不要高興得太早。嘿嘿嘿。」

懷疑鬼一面說著，一面出其不意朝著戰士的心上射出一支銳利的冷箭。戰士一愣，閃躲不及，冰冷的箭頭已然逼近胸前。

這一次，戰士可以打敗絮絮叨叨專放冷箭的懷疑鬼嗎？即使獲勝了，戰士所擁有的戰鬥指數和武器設備，是否足以讓他踏上極地，跟冰雪巨人對抗呢？

未完，待續。

「寫一本小書就可以自編自導出一串高潮迭起自貶自嗨的內心戲，還保留一絲懸念咧！真是了不起。嘖嘖嘖。」尖嘴猴腮的嫌棄鬼提著一大桶酸言酸語出場。看樣子，第六幕很快就要開始……

以上。是為序。

【前言】

寫作，是為了認識自己

每個人的心裡，都有一座忙碌喧嘩的劇場

我從小就很愛看戲。鑼鼓喧天，燈火輝煌，演員們上場亮相，搬演各種悲歡離合、喜怒哀樂的繽紛情節，看得我專注凝神，一會兒哭一會兒笑，一會兒手舞足蹈一會兒怒火中燒，台下的觀眾比台上演員還要入戲。直到落幕，才帶著心滿意足的微笑回到現實世界，依依不捨離開戲台回家去。

年齡漸長之後，踏上自我探索的旅程，驀然發現自己的內心也藏著一座忙碌喧囂的劇場，無時無刻都在上演著自編、自導、自演的內心戲。

有時候我穿上潔白的翅膀，輕盈飛上雲端，覺得自己聰明優秀，人見人愛；有時候我跌落谷底滾了一身爛泥，整天自怨自艾，自憐自棄，覺得全世界都不喜歡我，沒有人了解我的孤獨和痛苦。

有時候我的心裡充滿了愛，伸出手臂擁抱全世界；有時候我的心卻變得冰冷暗黑，抬腳亂踢把每個靠近身邊的人全都踹開。前一刻我是慷慨的富翁，熱心助人，溫暖大方；下一刻我又變成貧窮的乞丐，錙銖必較，惶恐不安。

有時候我能量飽滿，像一個俠士利劍出鞘，明快果決，勇敢迎接各種挑戰；有時候我優柔寡斷，像一隻傻乎乎的貓咪被毛線球緊

緊困住，哪裡也去不了。

有時候我是喜劇天王，輕鬆搞笑，不想太認真；有時候我又扮演悲劇英雄，硬要把別人的苦難和責任全扛到自己肩上。

人就是這麼麻煩，不斷在心裡編織各種劇情，然後忙著粉墨登場，在不同的戲棚和舞台之間跑來跑去。有時候也想問問自己，這樣不累嗎？

內心戲如果只是在自己心裡搬演，那也罷了。問題是，我們的生活無時無刻都與別人親密相關，只要缺乏自制與覺察，就難免把內心的戲碼往外四處投射，硬生生把別人拉進自己編寫的劇情當中，那可就麻煩了。而這正是我們經常在做的事兒。

常見的世間情就是這樣交叉上演：有人喜歡演小孩，到處在尋找爸爸和媽媽；有人習慣扮演高高在上的權威，對人指頤氣使；有人把自己當作無助的羔羊，忙著追隨救世主；有人穿著上帝使者的外衣，把別人看成混世魔王，不斷攻擊辱罵。大家的內心戲越演越當真，這個世界也變得混亂糾纏，永遠拎不清。

說到底，我們每個人都要為自己的內心戲負起責任。在自編自導自演的當下，還是要保持自我的覺察：你經常演出哪些內心戲？這些劇情的靈感都是怎麼來的？要如何保持清醒，不被波瀾起伏的情緒牽著鼻子走？要如何改寫劇情，收起莫須有的刀光劍影，以免自傷傷人？這些都是生命邁向成熟必須面對的功課。

做功課的方法有很多，而我很推崇一個簡單的工具，就是心靈寫作。

透過書寫，讓手中的筆陪伴你穿梭內心的劇場，管它是寫實劇、幻想劇、懷舊劇、穿越劇、幽默劇或苦情劇，全部寫下來。快樂的時候寫，傷心的時候也寫，得意或失意、憤怒或茫然、振奮或沮喪，每一個時刻都可以坐下來寫作。

透過書寫，我們努力為幽暗的內心劇場打開一扇覺察的窗口，讓陽光照射進來，幫助我們看見自己身上的盔甲和面具，聽見耳邊喋喋不休的錄音，觸摸到掩埋在心靈角落的傷痕與疼痛，如此一來，我們才有可能跳脫劇中人的角色，以免入戲太深。

心靈寫作讓你凝視自己，踏上往內的旅程

現在市面上關於寫作的書籍多半都是在教導寫作的理論、技巧和方法。但心靈寫作的取向完全不一樣。

心靈寫作不討論寫作技巧，不在乎起承轉合與格律結構，不強調詞藻的華麗或優美，因為它的目標不是為了公開發表，不是為了換取別人的肯定與掌聲，不是為了贏取文壇桂冠或登上名利雙收的殿堂。它是一趟往內的旅程，唯一目標是跟自己對話，傾聽內心的聲音，探索自己、釋放情緒，回顧並整理自己的人生。

當你開始為自己而寫作，不再忙著張望外面的世界，把注意力凝聚於自身，手中的筆也會變得越來越自由。

你可以放下競爭比較的焦慮，卸除完美主義的面具，不必瞻前顧後小心翼翼，不必在意文筆好不好，不必擔心別人的眼光和評語。把那些枷鎖和包袱都踢到一邊去吧！放鬆心情，自由而隨意，

想到什麼就寫什麼，胡言亂語也沒關係。滿紙荒唐言，一把糊塗淚，又怎樣呢？寫出自己的真性情，寫得盡情盡興、酣暢淋漓，那才叫爽快！

心靈寫作是一種很個人的、任性的、坦率的行動。在寫作的時刻，你想起哪些回憶？有哪些感受？不必修飾，不必迴避，直接表達出來。此時此刻沒有別人，只有你自己。在書寫的時候你可以充分相信自己，跟內在心靈越來越親近。

心靈寫作不需要依賴靈感，隨時隨地都可以書寫。文思泉湧或腦袋空空或煩躁不耐，都沒關係；心情起起伏伏，不論你是神采飛揚、黯然神傷、憤忿不平、超級厭世、滿腔熱血，或者脆弱不堪，也都沒關係。任何時刻都是很好的寫作時刻，任何心情都很值得書寫。提起筆來，把此時此刻的心靈紀錄下來，就對了。

心靈寫作更是一種訓練，讓你敏銳覺察內心的意念和情感。透過寫作，回看生命的每一個歷程，了解心靈的豐富與多變，學習以溫柔寬闊的心胸接納各種面向的自己。

如果你對心靈寫作的概念和意義感到好奇，美國作家娜妲莉．高柏（Natalie Goldberg）所著的《心靈寫作：創造你的異想世界》和《狂野寫作：進入書寫的心靈荒原》二書是必讀的經典。書中提到的「自由書寫」和「十分鐘限時書寫」更是絕世祕笈，可以破除你在寫作上的心魔和迷霧，讓你大膽提筆，喚醒你的寫作欲望和本能。

六十個起始句，陪你走進心靈書寫的世界

如果你很想要動筆，玩一玩心靈書寫，卻不知道要寫什麼？要如何開始？那麼，《寫出你的內心戲：60個有趣的心靈寫作練習》絕對是一本最簡單實用的入門書。

凡事起頭難，寫作也一樣。所以我在書中提出六十個起始句，就像為你鋪上六十塊踏板，陪著你一步一步走進心靈寫作的世界。

起始句就是文章的第一個句子。書中的六十個起始句都很通俗且生活化，譬如「我喜歡」、「我記得」、「我看見」、「此時此刻我覺得」……，沒有任何難度，不分男女老幼全都適用。當你有了第一個句子，心念開始轉動，很自然地第二個句子、第三個句子、第四個句子……，就會從心裡冒出來。

這時候你只要拿起筆來，想到什麼就寫什麼，讓筆在紙上奔跑，快速寫下腦海中的所有思緒就行了。這就是自由書寫。

《寫出你的內心戲》這本書的使用方法很簡單，只有幾個要點：

1. 準備一支筆和空白筆記本（若你想用電腦寫作也行），然後翻開本書目錄，挑選一個起始句寫在筆記本上，開始自由書寫。
2. 如果你是初學者，建議你設定鬧鐘，每次只寫十分鐘，時間到就停筆。這就是「十分鐘限時書寫」。

   這樣做有兩個好處。第一，只有十分鐘的短跑，可以全力衝刺，加快書寫的速度。第二，時間很短，不會太累，容易保持高昂的寫作興趣。

   不過，如果你在某次書寫的時候寫得欲罷不能，十分鐘到了

仍不捨得停筆，那是很棒的寫作狀態，這時就別管鬧鐘了，盡情燃燒寫作的欲望，寫到你想停下為止。

3. 如果你看著起始句，還是覺得下筆有困難，那你可以翻開書頁，每一個起始句我都有簡單的說明和引導，並且舉出一些朋友書寫的例子，用來刺激你的靈感和思考。你可以看看這些範例，一旦有想法浮現就立刻闔上書本，開始書寫。
4. 書中的每一個起始句都保留了一頁空白筆記頁，鼓勵你立刻動筆書寫，起始句已經為你準備好了，短短一頁，十分鐘之內一定可以寫滿。

   每個人都是獨一無二的，你的生命和情感沒有人能夠代替你表達，只有你可以為自己書寫。閱讀別人的範例之後，最重要的是回頭凝視自己，開始書寫屬於自己的故事。
5. 如果你是老師、讀書會帶領人或寫作團體的成員，可以選擇有興趣的起始句筆記頁放大影印，發放給學生或學員，然後大家一起進行十分鐘書寫。

   書寫完畢之後可以進行分享，請每個人把文章唸出來。大多數人聽到要分享文章就會緊張，所以剛開始最好以小組的方式，兩、三個人之間進行分享，心情會輕鬆很多。如果大家願意，再慢慢進行到大團體的文章分享。

   在我帶領的心靈寫作課堂上，每次分享文章都是最精彩的時段，大家使用相同的起始句卻寫出完全不同的心情和故事，短短十分鐘的書寫，一篇篇鮮活的文章就誕生在眼前，讓我們看到每個人所擁有的獨特生命經驗與內在心靈。這是很感動的時刻呢！

每一個起始句都可以一再書寫

本書中的起始句看起來很簡單平凡，這正是心靈寫作的迷人之處。從日常生活寫起，一件熟悉的物品、一個眼前的畫面、一個飄進耳際的聲音、一首歌、一通電話、一張昔日的老照片、一封燙金的喜帖、一片遙遠的回憶、一種細微的心情，一個片刻的感觸、一次美好的聚會、一道難忘的菜、一句很想說卻從未說出口的話……，這些平凡的小事構成了我們每天的生活，牽引出點點滴滴的心情感受。

就從這些小小的事物和感觸寫起，凝視生命裡每個當下的片刻，才是最貼近心靈寫作的真義。由於每一個片刻都不一樣，所以書中的起始句可以一再重複書寫，每次都會寫出不一樣的東西。

以書中的第一個起始句「我喜歡」為例，你可以每天書寫它，讓它紀錄你的各種歡喜心情。譬如：

第一天，你參加了一個熱鬧的聚會，於是你寫了：

我喜歡跟好友們快樂相聚，彷彿又回到無憂無慮的青春時代……。

第二天，孩子興高采烈告訴你學校發生的趣事，於是你寫下：

我喜歡孩子純真的笑容，眼睛閃閃發亮，好可愛……

第三天，你看到一則旅遊廣告，心思飛馳，陶醉地寫著：

我喜歡泡溫泉，尤其是戶外的露天溫泉，肌膚沉浸在溫暖水池中，每個細胞都舒張開來，一面看著青翠山巒，好放鬆……

第四天，你從電影院回來，立刻振筆疾書：

我喜歡看電影，走進黑暗的戲院裡，把自己放空，跟著大螢幕上的劇情進入另一個世界，體驗另一種人生，穿越時空、拯救世界、生死不移的愛情、飛天盾地的武功……，短短兩個小時，我們脫離平凡，經歷了盪氣迴腸或驚濤駭浪的奇幻旅程，好滿足啊！

第五天，你有點慵懶，窩在客廳舒適的躺椅上看小說，然後拿起筆記來書寫：

我喜歡一個人，安靜享受屬於自己的小宇宙。沖一杯香醇的咖啡或泡一壺清香的花草茶，以喜歡的音樂為伴，看書、寫作、玩電腦、發發呆，美好的獨處時光。

接下來的日子，你可能還會寫出喜歡下雨天、喜歡亮麗的陽光、喜歡散步、喜歡山、喜歡海、喜歡星空、喜歡作夢、喜歡鄉下老家的龍眼樹、喜歡玩桌遊、喜歡外婆做的蘿蔔糕和粽子、喜歡做SPA等等。只要一個簡單的起始句，就可以記下每日生活裡閃著細微光亮的快樂時刻。

不同的起始句當然有不同的效果。你可以挑選你最有感覺，或者對此刻的你最有意義的起始句，每天書寫十分鐘，讓片刻的心情化為文字，一篇一篇不停地書寫，長期累積下來就是一本厚厚的心靈紀事，記載著內心世界的種種軌跡。

透過自由書寫，看見自己的心靈

自由書寫的時候不要多想，不要分析不要思考，相信自己的心，讓它帶著手中的筆一直往前寫去，它就會為你指路，讓你更清楚看見自己的心靈。

書中我最喜歡的起始句之一是「如果我是一隻動物，那我就是……」。我經常以這個句子讓初學者做第一次的書寫練習，而我也會跟著一起寫，所以我已經重複書寫它整整十年。也因為這樣的時間幅度，讓我清楚看見自己內心的變化。

記得在十年前我第一次書寫這個起始句的時候，我寫自己是一隻漂亮的綠繡眼，身體小小的，每天只要吃幾顆果子就飽了，所以不需要辛苦工作賺錢，也不需要累積任何財富，大樹就是我的家，有陽光、空氣、清風、雨水已經足夠。她是如此柔弱微小，沒有能力傷害這個世界，只會以身上美麗的色彩和輕盈的歌唱，為世界帶來美好。

有很長一段時間，我都以小鳥自居，胸無大志，每天只想開開心心晃來晃去。

然而有一次，我突然把自己寫成一隻懶惰的老鷹。我有寬大的翅膀可以振翅高飛，乘風翱翔在山巔之上；我有銳利的雙眼可以望向遠方，俯瞰遼闊的山河大地；我有強壯的利爪可以在俯衝地面的瞬間，精準抓取靈活的獵物。但是我很懶惰，懶洋洋站在樹梢上發呆，無視於風的召喚，寧可有一餐沒一餐地挨餓，也不願展翅高飛尋找獵物，平白浪費了天賦的能量與才華。

在這段期間，我也寫過我是一隻沉睡的獅子，具有叢林之王的身姿，卻不想站上領導的角色，懶得帶領別人也不願被帶領，整天只想躺在大石頭上打呵欠曬太陽，假裝自己是一隻家貓。

從一隻小鳥變成老鷹和獅子，表示我的內在經歷著重大的變化，感受到自己孕積了豐沛的力量，卻退縮在昔日的慣性裡，沒有足夠膽量將新的自我展現出來。那時的我已屆中年，一步步邁向成熟卻又抗拒改變，在熟悉的自己和陌生的自己之間來回擺盪，新的自我帶來了新的力量與欲望，我卻躊躇不前。

後來，我寫了自己是一隻害羞的孔雀，擁有一身美麗非凡光彩奪目的羽毛，卻緊緊把翅膀和羽翼收攏起來，不讓別人看見，把自己活得像一隻平凡的雞。

這次書寫讓我看見自己又往前踏了一步。孔雀比老鷹和獅子柔軟，比較沒有侵略性，表示我正在馴化內在新生的力量，把它轉化為柔和的美麗。但我仍不夠自在，不好意思在別人面前展示自己的美好。

然後有一天，我寫自己是一條正在蛻皮的蛇，在粗礪的大地上扭曲掙扎，痛苦地用力甩動身軀，要把緊緊黏在身上的一層舊皮褪去，讓新的外皮成長。我的身軀已經長大，昔日的舊皮變成了緊身的束縛，痛苦的蛻皮過程是必要的，日後才有更強大的自己。

這次書寫對我也是一大突破。在所有的動物中，我最怕的就是蛇，我向來很喜歡看動物星球頻道，但只要是蛇的主題和畫面我立刻轉台，不敢看。而我居然寫自己是一條的蛇，帶著鮮麗的花紋不斷扭動，揚起漫天塵土，表示我已經有勇氣面對以往逃避的可怕事物，並承認它就是自我的一部分。我欣賞並理解這樣的力量，願意等待牠走過痛苦的轉變歷程，在我的內心裡變身與重生。

到了最近這一兩年，我常常寫自己是一隻烏龜，貼近地面，緩慢前行。因為貼近地面，我可以清楚感覺事物的質地：粗礪的碎石、微細的沙土、潮溼的泥水、柔軟的青草；因為緩慢，我可以看到小蟲的跳躍，聞到小花的芳香，仔細欣賞蘊含在微小事物中的美麗與驚奇。當我累了，就縮進堅硬幽暗的外殼裡，這是我的小宇宙，才不管外界幾番風雨；當我無聊或心情大好，就再次伸出頭來，以頑皮的眼睛看看這個忙碌不已的有趣世界。

當自己變成烏龜，表示心境慢慢老了，哈哈哈。我也不再煩惱如何脫去沉重的外殼，人生在世，誰沒有包袱呢？反過來欣賞這個又厚又重的堅硬傢伙，它既然是自己的一部分，就心甘情願馱著它一起經歷人生吧。我還滿喜歡烏龜這個意象，期許自己真能像烏龜長命百歲，老成緩慢卻又單純頑皮，慢慢迎接我的老年人生。

我就是這樣不斷地跟自己的書寫對話，透過它看見自己的心，一點一滴更了解自己。

朗誦和分享，可以增進自我覺察

有很多朋友會問：十分鐘限時書寫完畢，然後呢？

我的建議是：寫完之後，把文章朗誦出來，跟其他人分享。

很多人一聽到要分享文章就害怕，開始擔心和退縮。這是很正常的反應，我們本能地想要保護自己，不敢隨便把自己的內心坦露出來，以免受傷。但是分享文章的感覺真的很棒，所以我很鼓勵大家一定要這樣做。

在心靈寫作的課堂上，分享文章的時候我會以小組方式進行，兩人或三人一組，在集體的能量場中，大家同時做一樣的事，會讓每個人比較放鬆。剛開始或許有點害羞，但不到五分鐘，整個空間就會洋溢著熱烈的氣氛，笑聲此起彼落，也有人默默流淚。我們都在一起學習，把內心世界的情感之門打開，讓別人看見，同時也學習傾聽別人的內心之聲，讓彼此的心靈共振共鳴。一旦敞開了喉輪和心輪之後，人和人之間的交流能量真的非常動人。

透過分享文章，我們看見每個人不同的生命經驗和追尋，擴展了生命視野，看見人生有各種選擇和可能性。許多學員在課堂上結交到志趣相投的好友，帶動了生命的轉變，有人勇敢跳槽、有人反思教養子女的方式、有人相約一起到冰島看極光、有人決定要好好跟父母和解。當我們願意敞開自己，跟別人真誠交流，意想不到的友誼和美好事物也可能隨之而來。

如果你沒有機會參與團體課程，建議你可以邀請一兩位性情相近的文友，一起書寫，一起分享。分享的時候請保持尊重的原則，不要隨意以自己的價值觀評斷別人，也不要好為人師，一直想要教導別人或給予強勢的建議。我們都要學習開放的態度，彼此真誠傾聽，以專注柔軟的心去體會和理解別人的世界。

每個人的生命都值得尊重，每個人也都只能為自己負責。如果不適合相處，話不投機半句多，寧可遠離，也不要隨意干涉別人。

我們在課堂上會注意學員們互動的品質。如果是自己組成的文友會，就要靠自己把關，從寫作和分享中得到正向能量，而不是負面的干擾。彼此尊重、保持界線，是人際之間很重要的一項學習。

如果你還沒準備好跟人分享文章，那至少朗誦給自己聽吧。當你書寫的時候，你是沉浸在自己的世界裡；而當你朗誦文章時，會比較抽離而有餘裕來觀看自己，對於自己的書寫也會有許多感覺和聯想冒出來。娜妲莉說，朗誦文章可以讓你的情緒從這些文字中釋放。你不妨試試看。

最重要的是，提筆書寫吧！

關於寫作這件事，知道再多理論、看過再多範例都沒有用，只有真正動手書寫才可以體會其中的意義。而且要不停地書寫，珍愛生命的每一個片刻、每一個回憶、每一份心情和感觸，專注而深情地書寫它們，讓你的筆像一把鋤頭不斷翻動你的心靈，挖掘深藏的情感，跟自己親密對話。

透過一次次的寫作，手中的筆將會變成你很熟悉且親近的好朋友。尤其當你寂寞孤獨、困惑茫然、滿懷心事卻無法訴說的時候，心靈寫作隨時可以陪伴你，透過書寫釋放內心的風暴與重擔，陪著你哭，陪著你笑，扶持著你安然走過人生的每一個旅程。

再次提醒：在你的人生舞台上，你自己永遠是最重要的主角。在心靈寫作的時候，你是為自己而寫，不必完美、不必矜持、不必想太多，放手讓自己的心獲得自由，把內心的想法和感受源源不絕表達出來，那份坦率和暢快就是最好的回饋。

不多說了。開始書寫吧！

第一章

提筆就寫

踏出了解自己的第一步

想要寫作，卻不知道如何踏出第一步？

那就從最簡單的句子開始吧！

在自由書寫的時候，特別是碰到初學者，我經常讓大家進行一個暖身動作，就是從「我喜歡……」、「我討厭……」、「我想要……」、「我不要……」這幾個簡單的句子開始，讓思緒自由奔馳。

這麼直白樸素的字句，卻帶著深深的意義。

愛自己、了解自己的第一步，就是忠於自己的心。我喜歡什麼？我討厭什麼？我想要什麼？我不要什麼？……真誠地面對，勇敢地表達，果斷地取捨，才能夠真正善待自己，跟自己親近。

試試看，就讓這些簡單的句子，陪你走進心靈寫作的世界。

我喜歡……

「我喜歡」這三個字具有神奇的魔力。只要想到自己喜歡的事物，心裡就洋溢起一股明亮、溫暖、輕快的情感。

這是很棒的一個起始句。男女老少通通適用。

問題是，我們喜歡的事物那麼多，到底要從哪裡寫起呢？

這就回到自由書寫最重要的原則：想到什麼寫什麼。就在此時此刻，跟隨你腦海中浮現的第一個念頭，不要猶豫、不要分析比較，讓你的心帶著手中的筆，很自由地在紙上奔跑。

每次在課堂上分享這段寫作總是非常愉快。譬如：

「我喜歡咖啡的香氣，讓我保持清醒。」「我喜歡吃麻辣鍋配冰沙，真是暢快！」「我喜歡下雨天，淅瀝的雨聲讓心情變得沉靜。」「我喜歡吃美食，也喜歡做菜。」「我喜歡跟小狗一起躺在綠油油的草地上，享受陽光灑下的幸福感。」「我喜歡在浴室裡大聲唱歌，我的個人演唱會，我是super star！」「我喜歡旅行」、「我喜歡看電影、聽音樂」、「我喜歡游泳」、「我喜歡做白日夢」、「我喜歡歌仔戲」、「我喜歡看棒球」、「我喜歡跟各式各樣的人聊天」、「我喜歡獨處、閱讀、畫畫、跳舞……」

被真心喜歡著的事物們宛若可愛的精靈，活潑地從每個人的文章中蹦跳出來。

自由書寫具有輕鬆坦率的能量。有位朋友寫了一篇很可愛的文章：

我好喜歡錢，最喜歡做的事就是賺錢。年輕時不敢這樣說，總覺得談錢很俗氣，但現在我會大方告訴每個人：

我想賺很多錢，讓自己和家人和員工們都可以過更好的生活。錢沒有錯，是社會上某些人賺錢的方式錯了，導致大家都不敢承認自己愛錢。其實錢很可愛，它可以幫助你實現夢想，它可以傳達對家人的愛，它讓努力有了目標，人生充滿希望。我喜歡跟錢做朋友，希望它成群結隊來我家，我一定會好好珍惜它、善待它……

還有一個朋友寫著寫著，就碰觸到了很深的情感：

我喜歡聽媽媽講故事。這是從小養成的習慣，每天睡前我都要纏著她說故事，聽完才肯睡覺。後來我慢慢長大，變成我講故事給媽媽聽，講學校裡發生的事、公司裡發生的事，還有我的每一段戀愛。前陣子她不小心摔了一跤，好久都無法下床，我才意識到她正日漸老去。但我每次回家仍像以前一樣吵著要她講故事，我不願承認她已經年老，我希望自己可以永遠膩在她身邊，永遠不要分離……

即使是「我喜歡」這麼簡單的起始句，在某些時候、對某些人來講，也會帶來自我覺察的重大訊息。

有位朋友正在經歷離婚的痛楚。她面對空白的筆記本，久久無法落筆。我提醒她：「這不是問答題，你不用努力給出答案。如果你此時此刻想不到喜歡的事物，就從『我的腦袋一片空白』開始寫起。」

於是她寫了這樣的一篇文字：

> 我的腦袋一片空白。我的耳邊傳來沙沙的聲響，其他人都在振筆疾書，只有我，像個傻瓜一般發呆。我喜歡什麼？我居然一點都想不起來。我知道先生喜歡什麼、爸爸喜歡什麼、媽媽喜歡什麼、小孩喜歡什麼，我還知道老闆和客戶們喜歡什麼、好朋友喜歡什麼，可是我卻很少問自己喜歡什麼。向來都是身邊的人喜歡什麼，我就立刻去張羅去準備，看到他們快樂我就快樂。我的價值，原來是建立在滿足別人的需求之上……

這是一個很棒的覺察，也是她開始尋找自我的起點。從今以後，她要學習照顧自己、體貼自己、取悅自己，透過喜歡的事物來點燃生活的熱情，照亮她的心，跟這個可愛的世界產生連結。這種喜歡的情感不是為了滿足別人，只是很單純地讓自己開心而已。

你呢？你喜歡什麼？拿起筆來，開始書寫吧。

Note

我喜歡

我討厭……

我們的生活裡既然有喜歡的事物，自然也有討厭的事物存在。

不過對某些人來說，要大聲表達出「我討厭」，有時候還滿不容易的。因為我們從小就被教導要聽話、要有禮貌、保持微笑，不可以太任性、不要冒犯別人、要忍耐退讓，不可以隨便表露負面情緒……。久而久之我們都被馴化了，對於不喜歡或討厭的事物很少輕易出口。

坦白說，我自己就是這樣，總覺得說出「我討厭」這三個字，對別人是一種冒犯。我很習慣當一個寬厚、好脾氣、溫良恭儉讓的人，一旦遇到不喜歡的人事物，還真不知道該怎麼表達呢！幸好有自由書寫，有時候我實在太厭煩了，就抓起紙筆盡情發洩，不傷害人也不壓抑自己，感覺挺不賴。

我很羨慕也很佩服可以大剌剌坦率表達討厭情緒的人。「我討厭考試」、「我討厭體育課」、「我討厭星期一」、「我討厭複雜的人際關係」、「我討厭充滿負面能量的人，不是在抱怨就是在潑冷水，好煩」、「我討厭別人命令我，用權威壓迫我」、「我討厭自以為是、控制欲很強的人」、「我討厭八卦，討厭虛偽」、「我討厭一個人吃飯、一個人看電影、一個人逛街，好寂寞」、「我討厭吵架」、「我討厭生病」、「我討厭我的家，沒有一絲溫暖」、「我討厭別人干涉我的生活，對我的生活方式指指點點。他們以為自己是誰啊？我的白眼都翻到後腦勺去了」……。把這些狗皮倒灶的討厭事兒稀哩嘩拉一股腦全寫出來，好痛快。

所以我在課堂上很鼓勵大家把「我討厭」的書寫大聲念出來，真的很紓壓喔！

我從小就很討厭吃紅蘿蔔，但媽媽認為紅蘿蔔健康又營養，每天餐桌上都有它，且不准我偏食。小時候我跟媽媽每天都要為了幾口紅蘿蔔而僵持對立，我討厭她強迫我，她罵我太固執，僵持到最後總是我輸了，因為媽媽從不會退讓，我只好含著委屈眼淚把可怕的紅蘿蔔吞下去。現在我只要看到紅蘿蔔，就會想起媽媽強硬的表情和那些不快樂的記憶。

****

我討厭做家事。身為職業婦女，我跟先生一樣要上班，但社會上的性別觀念還是不公平，總認為做家事是女人的天職，讓我很不服氣。也曾經跟先生爭吵，希望他幫忙分擔家務，但只是對牛彈琴徒然流淚生氣而已。我決定雇用家事清潔員每週來家裡打掃，我就跟先生一樣翹著二郎腿看電視玩手機。這樣才公平吧！

討厭的感覺難免牽連到不愉快的情緒。有些朋友在心情低落的時候常會寫到「討厭自己」。譬如：

我討厭容易緊張、經常出糗的自己。每次要在眾人面前講話，我就手足無措、面紅耳赤、結結巴巴，好丟臉啊！

****

我討厭無用且軟弱的自己，三十多歲卻一事無成，生活沒有目標、對工作失去熱情，只是帶著空洞軀殼日復一日過活，覺得自己活得毫無價值也毫無意義……

****

我好討厭自己，討厭自己的擔憂、膽怯、逃避、猶豫不決，討厭自己的軟弱、愛哭、自卑、沒有主見。我討厭他不愛我。我討厭痛苦，討厭離別，討厭說再見，討厭遺憾和後悔。我討厭為什麼我要被生下來，我討厭為什麼要遇到這麼多挑戰，為什麼生命如此艱難？

寫作讓我們活在當下，跟真實的感覺在一起。討厭自己的感覺並不好受，但也不必迴避，更無需假裝自己永遠都很積極樂觀正向，充滿愛和希望。有的時候就是沒辦法啊！風暴來襲，討厭就討厭吧！有負面情緒很正常，只要看見它、承認它、接受它、書寫它，讓負能量得到認可和釋放，它才會乖乖離去。身體要排毒，心靈也要排毒才會清爽啊！

Note

我討厭

我熱愛……

擁有熱愛的事物，是一種幸福，表示活得熱烈、有趣。

「熱愛」是比「喜歡」更強烈而專注的情感。當我們熱愛一件事物，整顆心為它癡迷，思之念之，不惜投入珍貴的時間、精神、金錢、心力，樂此不疲，無怨無悔。

世界上值得投注熱愛的事物非常多。有人熱愛飛行，有人熱愛衝浪，有人熱愛電影，有人熱愛戲劇，有人熱愛考古，有人熱愛時尚、學語文、玩編織、茶道、品酒、寫作、跳舞、打鼓、瑜珈、園藝、種田、騎單車、健行、露營……。若要認真研究，每樣事物都是一門大學問，只要玩得越來越深入，玩出興味，就會變成這個領域的專家和達人，為生活開啟一扇充滿樂趣的大門，日子也有了投注的重心。

我很喜歡心中有所熱愛的感覺。我熱愛的事物之一是棒球，只要談起心愛的球隊和球星，我就口沫橫飛，看到隊歌的影片就感動落淚；最期待每年春天球季開打，下班回家立刻打開電視體育台，並同步連線電腦的BBS棒球版，一面吃晚餐，一面看球賽，是每天最開心的時光。

如果無聊或鬱悶，就去球場吧！穿著球衣、帶著加油棒和一堆啤酒零食，在寬闊的球場裡吹著晚風，跟所有球迷一起唱歌、歡呼、吶喊、哀嚎、鬼吼鬼叫，把所有壓力全釋放掉。遇到總冠軍賽更要守在電腦前緊張搶票啊！然後跟著球隊賽程全台南北跑透透，一頭白髮卻熱血飛揚，這種瘋狂和傻氣，只有死忠球迷才能體會。

講到心中的熱愛，每個人的眼神就閃閃發亮，發散出喜悅光彩。每次課堂上書寫這個主題，大家分享得很開心，我也聽得興致勃勃，誰說生活很無趣？有這麼多好玩的事在等著我們去體驗呢！

我熱愛爬山。自從大學時代跟同學走一趟溪阿縱走，我就愛上美麗的山林，每次休假只想遠離城市繁囂，跟一群山友們往山裡去，滿身大汗氣喘吁吁卻樂此不疲。還記得第一次爬上大壩尖山頂峰，居高臨下，看到氣勢磅礴的亙古群山，一望無際的天空和雲霞，心情激盪不已。那時我正在轉換工作，對前途感到茫然不安，但是在天寬地闊的大自然面前，突然覺得世俗的種種煩惱都微不足道，心中的擔憂和焦慮都被宏偉大山療癒了。

****

我熱愛自助旅行，朋友們都說我很勇敢，其實我只是受不了團體旅遊的走馬看花。平時工作已經充滿人際壓力，旅行時我只想放鬆放空，想走就走，想坐就坐，想發呆就發呆，不用配合任何人。

我曾經花一整個下午坐在沙漠邊緣，聽風吹過沙丘的聲響，呼呼呼，很巨大，那是我第一次這麼明確地聽到大自然的聲音。我也曾經無所事事跟緬甸的老人小孩一樣躺在佛寺裡午睡，緬甸雖然窮困卻很乾淨，寺廟地板光亮，冰冰涼涼，好像小時候躺在外婆家的磨石子地板，午睡醒來，正好看見一個老婆婆從我面前走過，恍惚間彷彿死去的外婆回來陪我睡一覺。

自助旅行要處理很多瑣碎的事情，常會碰到很多措手不及的鳥事，可是無論多慘，到最後我都可以克服一切，平安回家。是這麼多次的旅行讓我發現自己很勇敢、很堅強、很有能耐，沒什麼好害怕的。就是這種成就感，讓我一次又一次往天涯飛去，讓我看見廣闊的世界，也看見越來越獨立的自己。

****

我熱愛工作。每次我這樣講，朋友們都笑我是工作狂和自虐狂，但我是真的很喜歡做事，很享受工作時的忙碌和專注。我喜歡迎接各種挑戰，喜歡透過壓力激發出創意和潛能，更喜歡完成工作的成就感。挫折和失敗總是激起我不服輸的傲氣，不斷自我檢討和請教前輩，一定要找出原因徹底修正改進！如果提案被退回來，我也不會沮喪太久，把工作當遊戲打怪，再接再厲直到提案通過。我很喜歡拚命打怪的自己。

有朋友問：「可是我想不出熱愛的事。怎麼辦？」

這也是一個很棒的發現。我的回答是：那就從「我的心中沒有熱愛的事物」或「我從不曾熱愛過什麼」開始寫起，回頭審視自己的生活，找找看你的熱情躲到哪裡去了？你是從小就缺乏熱情嗎？或是長大過程中遺失了？還是你沒機會接觸有趣的事物，缺乏新鮮活水來開啟內心情感呢？你想要改變嗎？ ......所有的答案都存在你的心靈裡，透過自由書寫為你找到釋放熱情的鑰匙吧！

Note

我熱愛

我痛恨……

你的心裡是否曾經被痛恨的情緒所籠罩？

再怎麼溫和、善良、好脾氣的人，一定都曾經被痛恨的情緒所籠罩。「痛恨」是比「討厭」更強烈且尖銳的負面情緒。對於討厭的事物，我們還可以用嬉皮笑臉和尖酸嘲諷的態度來述說它們，但講到痛恨的事物就不一樣了，很可能會有一種咬牙切齒、呲牙咧嘴、腎上腺素飆升的火氣湧上來，或許還伴隨著深沉的哀傷和蒼涼感。

痛恨的感覺絕對不好受，宛若一隻躲在陰暗處不斷啃噬心靈的怪獸，還會時不時噴出怒火來，把你平日的輕鬆優雅、寬大仁慈全部焚燒成灰。但這頭怪獸並不是憑空出現，它或許是一個心靈的使者，帶領我們認識黑暗，讓我們更深刻理解生命和這個世界。

如果你的心中懷著某種痛恨，那就來書寫吧。不要害怕，不要逃避，透過文字直視這頭怪獸，看看牠到底長什麼樣子。

有一位朋友在上課的時候落淚了，她寫到：

> 我痛恨爸媽偷看我的日記。其實我小時候很喜歡寫作，漂亮的日記本就是我的祕密基地，大大小小的心事都在裡面傾訴。有一天，我發現爸媽會偷看我的日記，我的心頭被重重打了一拳，覺得自己好像被剝得赤裸裸站在爸媽面前。我氣哭了，大聲抗議，把日記通通燒掉。雖然爸媽有向我對不起，保證不會再犯，但是我心底的安全感已經動搖，從此我再也不寫日記，寧可把所有心事都鎖進沉默裡。相隔二十年，直到今天，我終於跟寫作重逢了。

另一位朋友長期捐款認養家扶中心的兒童，因為他知道窮苦的滋味：

我痛恨貧窮。從小在窮苦的家境中長大，下課時間同學們成群結隊去福利社買零食，我只能默默吞下羨慕的口水，低頭假裝認真看書，更別談穿新衣服、上館子、去旅行、學才藝這些奢侈品。我痛恨貧窮所帶來的緊縮、委屈、壓抑、退讓、自卑和自憐，我痛恨貧窮所帶來的愁苦、煩惱、妥協、低聲下氣、錙銖必較，我痛恨貧窮帶來的絕望、眼淚和爭吵。所以我發誓，絕對不會讓自己的孩子再經歷這樣的痛苦。我更希望世界上所有的孩子都可以免於貧窮的磨難。

一位朋友很投入兒童潛能開發課程，希望下一代的孩子擁有自由的心靈。她寫到自己從小就很叛逆，很討厭傳統觀念對於個人的壓抑和限制：

我痛恨被貼標籤。從小到大，我最痛恨人家說「女孩子就該如何如何、不該如何如何」、「好學生就該如何如何」，這些標籤好像符咒一樣，只要往你身上一貼，你就必須乖乖聽他們的話，不能反抗。事實上每個女孩子都不一樣，每個學生的個性和才華也不一樣，為什麼要用死硬的框框來加以限制呢？我想把這些討厭的標籤一一撕掉，因為我一點都不想迎合這些標籤背後的期待和束縛。

還有一位朋友花了很長時間才從童年暴力的陰影中走出來，勇敢走入婚姻：

我痛恨暴力。我是在家暴陰影中長大的孩子，爸爸脾氣很不好，只要在外面碰到不如意，回家就藉故揍媽媽出氣。姊姊比較勇敢，為了保護媽媽會大聲制止爸爸，結果當然是掃到颱風尾，難逃被揍的命運。我膽子小不敢說話，只會躲在一旁發抖哭泣，雖然躲過拳頭和謾罵的風暴，但也養成我退縮壓抑的個性。直到現在，我還經常半夜驚醒，覺得有可怕的事隨時會降臨。當初結婚時，我很認真跟先生約法三章：「我們怎麼吵架都可以，但你只要敢動手打我或打孩子，我們立刻離婚，絕沒有第二句話。」幸好先生是很溫和的人，十年的婚姻生活終於讓我慢慢放下心中的恐懼和陰影。

你所痛恨的又是什麼呢？當你準備好要面對它時，就讓它從你的筆端現身出來吧！就像傳說中的殭屍，一見到光就會粉碎，也許你心裡那頭痛恨的怪獸也會因為被你看見了，「轟」一聲就消失了，不再停留在暗處作祟。試試看！

Note

我痛恨

我想要……

每個人的心裡都藏著一朵花，叫做渴望。那朵花獨一無二，是由自己的心靈孕育而成；那朵花像個安靜的微笑，只有自己能夠聽見它無言的低語。如果你一直不理會它、假裝它不存在，它就只能永遠默默藏在心裡的幽暗角落，在寂寞中漸漸枯萎；要讓花朵美麗盛開綻放芬芳，唯一的方法是：大聲說出「我想要」。

只要是人，內心總有許多欲望。不同的生命階段，渴求的欲望也不一樣。你知道現在的自己想要什麼嗎？你可以坦然承認內心的欲望嗎？你明白這些欲望從哪裡來的嗎？如果你陷入迷惘，不妨用「我想要」這個簡單的起始句跟自己的欲望對話，傾聽內心的聲音，說不定可以撥雲見日，恢復心靈的清朗喔。

有一位朋友寫到對流浪的渴望，才發現原來她早已不快樂很久了：

> 我想要自由自在。我想去很遠很遠的地方旅行。去放空，讓自己隨波漂流。我知道每個人都有要背負的責任，但我已經疲憊不堪，只想要逃離。我可以任性一回，把一切都拋下嗎？我想要找回快樂的自己。

一位個性獨立的單身貴族，老是假裝自己很堅強，不需要感情的羈絆，但是當她輕輕呼喚心裡的那一朵花，才臉紅地發現自己渴望愛情能如春風吹來，吹走她的寂寞孤單：

> 我想要好好談一場戀愛，想要擁有一份相知相惜的感

情。平心而論，我長得並不比別人差，個性上也沒有太大缺陷，為何就碰不到一個真心愛我的人呢？談過幾次不成氣候的戀情都不了了之，到底我的桃花什麼時候才會盛開？

在團體裡寫作有一個好處，可以看見心靈的多樣性。有人想要進入愛情的城堡，卻也有人想要遠離親密的圍城：

我想要單純自在生活，所以保持單身比較適合我。也曾經談過幾次戀愛，卻發現相愛容易相處難，分手更難，總是帶來許多傷害。我對婚姻沒有欲望，更不想生小孩，這輩子只想為自己負責，不想添增多餘的責任和煩惱。一個人想跳槽就跳槽、想離職就就離職，想去哪就去哪，自由自在，何必為了社會的眼光和壓力而扭曲自己呢？

除了情感的態度之外，對於生活方式和價值觀的追求，每個人也都不一樣。有人想要追求金錢財富，有人卻為了理想而放棄高薪；有人想要城市裡的繁華、迅速和便利，有人則想要鄉下的自然田園和緩慢悠閒。就以華人社會最看重的買房子這件事為例，每個人也有不同的想望：

我想要買房子，尤其結婚之後，總覺得要有自己的房子，心裡才踏實。為了這個偉大目標，我跟先生省吃儉用，每天帶便當上班、少進電影院、不逛百貨公司，假日就去郊外踏青不用花錢，只有發薪日才會到餐廳小小慶祝一下，犒賞一個月來的辛苦。最欣慰的時刻是看到存款簿裡的數字逐漸爬升，代表我們又朝著夢想前進了一小步。

****

我想要保有生活的品質，不願意變成房貸的奴隸。現在的世界變化太快，誰也不知道未來會怎樣，如果身上背負著二十年的房貸，萬一失業，壓力將非常可怕。我們不是富豪之家，沒辦法輕輕鬆鬆購屋置產，所以寧可租房子，想搬家就搬家，想換工作就換工作，每年有餘裕帶孩子出國玩，還保留一些存款以備不時之需。有人說，有房子才有安全感，但是對我來說，自由才是安全感的根基，被貸款緊緊捆綁而放棄眼前的快樂和夢想，這絕對不是我想要的生活。

透過書寫，我們了解自己的渴望；透過分享和傾聽，我們理解每個人擁有不一樣的人生，各有不同的追尋，因而學會了尊重與多元。

最重要的是，當我們知道自己的心想要什麼，就會朝向更喜歡的生活而努力。趕快用通關密語「我想要」來喚醒這朵夢想的花吧！希望你心中的那朵花開得燦爛，如一朵喜悅的微笑。

Note

我想要

我不要……

生命中的很多改變都是從「我不要」開始的。

「我不要」是很有力量的三個字，表示你終於看見自己的心，也許你還不知道人生想要什麼，至少，你已經知道自己不要什麼，透過消去法，消去一個又一個的「我不要」之後，人生將會越來越清晰。

根據發展心理學的觀點，一個孩子長到兩、三歲的時候，開始進入最麻煩的、連鬼都嫌的「我不要！」階段，不管大人給他什麼或問他什麼，一律搖頭反抗說：「我不要！」這舉動看似不知好歹，其實是年幼孩子正在形塑自我意志。

在此同時，社會化的教育也逐漸加深。年紀越大，越無法坦率任性，即使碰到不開心的事情，還是要顧慮人情的種種羈絆，再也很難輕易說出「我不要」。除非情緒被逼到某個關口，才會讓這句話脫口而出。

有一位朋友很生氣老公經常加班，假日都無法陪孩子出門走走，兩人經常吵架，她覺得很委屈，老公也很無奈。但是當她轉念說出「我不要再等待」之後，心情豁然開朗：

> 我不要再等待他，也不要再處處依靠他，決定自立自強去考駕照，從此以後我們母子很自由，愛去哪裡玩，說走就走，不必勉強老公陪我們，他可以安心去加班，我的情緒也變得輕鬆舒暢！

一位三十歲的上班族決定勇敢辭職，轉換跑道，因為他不要讓熱情枯萎：

我不要每天做著索然無味的工作，整天對客戶低聲下氣。我不要被一成不變的瑣碎磨光熱情和夢想，變得死氣沉沉。我不要等到頭髮斑白才後悔這輩子都在浪費生命。我想要改變，我想要找到真心喜愛的工作，讓每個日子都活得快樂充實。

一位乖順的兒子受夠了爸爸的威權，透過書寫宣洩心中的怒氣：

我不要被你控制，我不要再被罪惡感捆綁。你的面子是你追求的虛榮，跟我無關；你的宗教是你自己的選擇，請不要強迫套在我頭上。你的痛苦我沒辦法替你承擔，就像你也無法分擔我的苦難。你想要什麼請你自己去實現，我有我自己的路，如果你不能尊重我，那麼我的人生我也不會再讓你介入。

一位形象溫和的好好先生承認自己臉皮很薄，從來不會拒絕別人，雖然結交了一些好朋友，但也吃了不少悶虧。最近終於想通了一件事：

我不要再當濫好人。或許在潛意識裡因為不夠自信而有討好的傾向，對於別人的要求總是來者不拒，但好心不一定有好報，反而對人性感到失望。從今天起我要學習勇敢說NO，站穩立場果斷劃出界限，不再讓別人予取予求。

一位陷入三角關係的朋友經常為愛哭泣，直到參加了好友的婚禮，看到新人臉上洋溢著的幸福表情，才終於下定決心斬斷情絲：

我不要一份不完整的愛情。我不要永無止境等待一份無法實現的諾言。我累了，我不要再將幸福的希望寄託在別人身上。我不要跟他一樣軟弱欺騙自己。所以我選擇轉身離開，我想要好好療傷，我想去看看更廣大的天空。

一位朋友寫到，媽媽一直是她寫作最重要的主題。她從小看著媽媽忙碌的身影和重男輕女的價值觀，心中百味雜陳，有心疼，有不捨，也有悲傷和憤怒。當她自己走進婚姻時，一個很清楚的聲音在她心裡響起：

我不要像媽媽一樣，一輩子只為家人付出卻忘了照顧自己。她一直省吃儉用，連計程車都捨不得坐，從不出國去玩，但哥哥要買房子買汽車她立刻掏出錢來。她對自己很吝嗇，對兒子卻超級慷慨，她把兒子看得比自己更重要。我才不要當這樣的媽媽。這絕對不是我要的人生。

每次聽著學員們分享這些文章，我總是非常感動。「我不要」

是一個充滿力量的宣言，對於生活中讓自己不快樂或不滿意的事物勇於拒絕說不，通常是改變的第一步。

當你心裡響起「我不要」的聲音時，請注意傾聽，它可能包含著重要的訊息。如果你忽略不管，這個聲音可能會不斷在你心上嗡嗡作響，越來越大聲，直到你願意停下腳步，認真面對它為止。

想想你目前的生活，對於某些不喜歡的事物，你是否也有大聲說「我不要」的勇氣呢？

Note

我不要

我記得……

任何時候，如果你想寫作卻不知道從何寫起，那就讓「我記得」當作永恆的起始句吧。

我們的心靈宛若一片遼闊深邃的大海，從生活裡不斷匯聚無數的情感和記憶。從小到大所經歷過的每一個生活碎片、那些閃爍綻放過的吉光片羽，其實都未曾消失，只是埋藏在心靈大海裡的某個角落，當你寫作時，昔日的某個畫面和情景說不定就會栩栩如生在眼前重現。

每個人的心裡都記得好多好多事情。小時候養過的貓狗、跟鄰居小孩玩家家酒、院子裡爸爸親手栽種的玫瑰花、跳進小河裡游泳的清涼、老師打罵揍人的模樣、廟會的鑼鼓喧天和鞭炮聲、颱風來襲停水停電的黑夜、夏日裡淋漓暢快的西北雨、學騎車時摔落的傷口、一條最喜歡的裙子、第一次暗戀時的魂不守舍、跟好朋友吵架的傷心、打球的趣事、考駕照的緊張、失戀時的痛哭、婚禮上的幸福眼淚……。每一個回憶都飽含著生命感情的汁液，都是寫作的好素材。

我第一次用「我記得」這個起始句書寫時，不期然地就哭了。我想到童年屋子後院那棵老榕樹，想到經常坐在樹幹上望著天空發呆的那個小小的自己。想到老榕樹旁那條清澈的小溪流，生機盎然，有許多小魚、蝌蚪和泥鰍，媽媽每天都坐在小溪旁的石頭上彎著腰洗衣服，偶爾轉過頭來跟我說說話，那時候媽媽還很年輕，輕柔的陽光灑在她臉上，笑容裡有著疲憊的溫柔。

寫著寫著我突然明白，當時的我雖然年紀小，卻已經把媽媽在現實生活中的操勞、辛苦、忍讓、無奈，全看進眼裡。

後來，我又寫過很多次「我記得」。我很喜歡這個起始句，這三個字非常神奇，每次在課程上跟大家一起書寫，總是牽引出各式各樣動人心弦的記憶。

我記得，那一天的夜風清涼，月光很美麗。我們在劇院不期而遇，表演結束後，我騎機車順路載她回家。在一個十字路口遇到紅燈停下時，我一時興起轉頭問她要不要吃宵夜？她笑著點頭說：「好啊！」我突然覺得她的眼睛好漂亮，表情很可愛。那一刻，我就喜歡上她了。

****

我記得，生平第一次看到下雪是在合歡山，地面上薄薄的一層積雪，只能堆出一個小雪人，大家還是高興得又叫又笑。那是大四寒假的中橫健行，五天四夜留下許多快樂的回憶，不久後這群好友就畢業各分西東，再也沒有機會像這樣無憂無慮地一起出遊。許多年後，我在美國紐約過耶誕節，遇到一場漫天紛飛的大雪，讓我想起青春年代的友誼，心裡暖暖的，又有一點惆悵。

****

我記得寶寶剛出生的時候，護士小姐抱來給我看，我當時已經耗盡全身精力累得說不出話來，看到這個臉紅紅全身皺巴巴的小老頭，突然覺得很想哭。一般媽媽都是喜極而泣，我卻是失望的眼淚，怎麼這樣醜啊！這就是我辛苦懷胎十月生下的兒子嗎？沒想到才過幾天，原本腫腫小小的眼睛變得又圓又亮，整個臉舒展開來，白白嫩嫩好可愛啊，每天看他千遍也不厭倦。

****

我記得，爸爸臨終的時候，我們把他從醫院接回家，所有兄弟姐妹和孫子們全都圍繞在床邊，我們逐一握著他的手跟他說話，輕輕哼著他最喜歡的歌，忍住眼淚為他送行，屋子裡滿溢著悲傷與愛與感謝。這是我有記憶以來全家人最親密的時刻。

我們的生命由無數的記憶所組成，所以「我記得」這三個字可以書寫一輩子。試試看，現在就用「我記得」召喚不小心被我們遺忘的美好過去吧！

Note

我記得

我不記得……

我們記得很多事，但也遺忘了很多事。有些事情的細節我們已經不記得了，但不記得並不代表沒有意義，或許那些遺落的記憶背後，還有一些什麼仍然保留在心靈的某個角落。

第一次用「我不記得」當起始句時，我其實有點擔心，怕大家會覺得困難而心生抗拒。不記得的事物要如何書寫呢？有些人的臉上浮現困惑的表情，也有人皺起眉頭。我只能再次強調：「相信你的心，想到什麼就寫什麼，手中的筆自然會帶著你前進。」

結果，每個人都寫出一段蠻有意思的文字，還有人在分享的時候落淚了。心靈真的很神奇，不是嗎？看看這些信手寫來的範例：

我不記得當初為何會一個人跑去宜蘭玩。結果讓我遇見了他，我的初戀，這或許是冥冥之中命運的安排。

****

我不記得多久不曾抬頭看看天空和星星了。大學時代到梨山打工，整整兩個月都在高山上的農場度過，山裡的夜晚沒有光害，一抬頭就看到滿天星斗，好像黑幕上灑落了無數閃亮的鑽石，好美麗好寧靜。出社會後整天在都市叢林裡打拼，很少抬頭看天空，只有偶爾夜深人靜失眠時，才依稀想起在高山上觀星的那段青春歲月。

****

我不記得上一次真正開懷哈哈大笑是什麼時候。我是說捧腹大笑，笑到流淚倒在地上打滾的那種單純的快樂。我以前是很愛笑很愛鬧的，身邊永遠有一群好朋友，每次相聚笑聲都要掀開屋頂。但是這幾年昔日好友們逐漸散了，有人出國念書，有人調到海外工作，有人結婚生了寶寶，各自踏上不同的人生軌道，我們被時間逼著往前走，逐漸長大成熟，但心中卻有一點寂寞。

****

我不記得為什麼我們又吵起來。我不記得我們曾經擁有的快樂，腦海裡只剩下那些爭執不休面紅耳赤的畫面。我不記得是誰先說出「分手」這兩個字，也不記得誰先轉身離開。這樣也好，什麼不要記得，最好連眼淚和痛苦都一併忘記。

****

我不記得當初是怎麼走過失戀的傷痛。只記得那段時間日子過得迷迷糊糊，腦海裡的負面情緒不斷循環：我做錯了什麼？他為何這樣對我？我為什麼這樣軟弱？我看不起自己、我怨他、我恨他、我好想他、我要他回到我身邊……，我好像被拋棄在另一個時空次元裡，整天渾渾噩噩漂浮著，直到淚水流乾、愛已枯槁成灰，才漸漸回神，重新跟現實世界連結。

****

我不記得是否曾經和爸爸好好坐下來說話。從小我就很羨慕妹妹會跟爸爸撒嬌，而我總是挨罵的份。爸爸比較嚴肅，我的個性又很彆扭，越想要的東西就越表現得不在乎，爸爸騎車載我時，我也不會伸手去抱他的腰，而是往後抓住機車尾端的扶手，跟爸爸的身體保持距離。離家之後跟爸爸的交流越來越少，打電話回家也都是跟媽媽說話，跟爸爸之間好像隔著一堵透明的牆，看得到彼此，卻無法感受到接觸的溫度。我也想要打破這堵牆，只是不知道要如何跨出這陌生的一步？

用「不記得」當作起始句是一個有趣的嘗試，就像面對一條模糊的幽徑，不要想太多，就放鬆順著它走下去，走著走著，某些曲折迂迴的心情卻漸漸明朗。你要不要也來試著寫寫看？

Note

我不記得

我常常……

我喜歡書寫日常的小事，勝過書寫那些看似偉大、永恆的題目，因為我們不是活在偉大的傳奇故事裡，而是活在每一天的平凡和日常當中，正是那些細微瑣碎如透明小玻璃珠的日常時光，構成了獨一無二的我們。

所以，我上課的時候經常提醒大家：寫作要「小題大作」，從日常小事入手，以新鮮眼光去描繪生活裡的平凡事物，以細膩心情去品味眼前的尋常風景，千萬不要「大題小作」，以免落入雷聲大雨點小的陷阱。

「我常常」是個不錯的起始句，可以用來觀察自己生活的慣性，你常做的事、常去的地方、常吃的食物、常說的話，不知不覺構成了你的生活方式，也展現了你的個性和想法。透過書寫這些常常，是覺察自己的一種有趣方式。

像我這個年齡，朋友也都開始步入初老階段，眼睛逐漸老花，記憶力默默在退化，常常忘東忘西，起身走到房間卻忘了要拿什麼，走出門卻忘了帶皮夾，鑰匙和眼鏡老是忘了丟在哪，很多人的名字怎麼也想不起來……。大家聚在一起很自然就講到這些常常發生的糗事，每個人都有一籮筐笑話，笑聲中夾雜著一點自嘲、一點感嘆、一點無奈，卻也帶著一點日漸成熟的豁達。

不同生命階段的人們，生活習慣也不一樣。我年輕時是標準的夜貓子，經常熬夜看書寫作，現在已經沒有體力如此任性了。當我聽到一位年輕人的這段書寫，不禁莞爾，我完全可以理解夜晚的美麗啊！

我常常熬夜，這個習慣怎麼也改不了。明知道對身體不好，但我就是喜歡夜深人靜的時光，整個世界都睡了，只有我和一盞燈光還清醒著，這時候做什麼都很專注，我很享受這樣的孤寂感。

有一位朋友是環保主義者，她覺得走路既減碳又健康：

我常常走路。心情好的時候想走路，心情不好時更想走路。走路是一種緩慢的移動，可以看到馬路上的許多細節和風景，我特別喜歡走在巷弄間，聞聞這家的花香，看看那家的窗台，對慵懶躺在路邊曬太陽的貓狗微笑，欣賞店家的招牌和櫥窗。走一段路後，不但身體微微發熱冒汗，心情也變得放鬆舒暢。

一位朋友想到過去那段憂鬱症的日子，還是心有餘悸：

我常常陷入憂鬱的情緒，上一刻還興高采烈，下一刻就突然低潮，好像瞬間跌進一個又黑又深的坑洞裡，心慌意亂不知道該怎麼辦，無力自救，只能等待別人拋下一條救命的繩索，幫助我爬上地面來。

一位熱愛電影的朋友寫到跟我一樣的習慣，讓我有點驚喜：

我常常一個人去看電影。因為約朋友太麻煩，自己一個人說走就走，還可以沉浸在電影的感動中不會被打擾。這個習慣是年輕時代養成的。我還記得第一次看侯孝賢的《風櫃來的人》、楊德昌的《恐怖份子》、柯波拉的《鬥魚》、大島渚的《俘虜》、荷索的《天譴》這些新浪潮電影時，我受到極大的震撼，影片結束許久我還坐在椅子上無法站起。這時候我一點都不想跟人講話，只想一個人慢慢平撫激動的心情。從此我就常常當個獨行俠，自己去看電影，放心地沉浸在劇情裡，不想回到現實也無所謂。

一位朋友寫到面對母親年老的心情：

我最近常常回家探望媽媽。自從爸爸過世後，媽媽一個人守著老家，怎麼也不肯搬來跟我們同住。確實，要讓老人家搬到全然陌生的城市是很難適應的，只能我們回去陪她。老人的時間是不斷倒數的，尤其爸爸過世後，這樣的感觸更深刻，所以我寧可現在累一點，每個週末來回奔波，也要珍惜跟媽媽相處的時光，以免日後徒留遺憾。

還有一位朋友透過寫作而誠實面對自己的感受，她到底該如何在施與受間抉擇？如何讓自己完整呢？

我常常當朋友的垃圾桶，每當他們心情不好的時候都喜歡找我吐苦水，我很樂於傾聽，也會做適時的開導，讓他們轉換情緒重新露出笑容。但我卻很少對別人訴說我的煩惱，大家都以為我是個開心果，其實我只是習慣把垃圾往自己心裡倒罷了。

你有覺察到生活裡無數微小的片段嗎？你常常做哪些事？常常有哪些心情？仔細品察眼前的生活，好好欣賞並書寫屬於你的七彩玻璃珠吧！

Note

我常常

我很少……

如果「我常常」的書寫，讓我們看見生活中光亮可愛的玻璃球；「我很少」就是它的反面，讓我們看見那些被忽略、被抗拒的事物。這兩個起始句都是一面鏡子，一個鏡子映照出熟悉的我，另一個鏡子映照出陌生或不習慣的我。

心靈寫作是很神奇的，不管你從正面或反面切入，都可以看見某個部分的自己。「我很少失眠」、「我很少出國」、「我很少畫畫」、「我很少運動」、「我很少吃肉」、「我很少參加同學會」、「我很少開懷大笑」、「我很少哭泣」……，在這些「很少」的背後，都有各自的理由，可能是一種慣性、可能是一種堅持、也可能是一種逃避或恐懼。透過書寫，可以帶來一些自我的了解和思索。譬如這些朋友的分享：

> 我很少對別人發脾氣，更不會跟人吵架。碰到不滿意或看不下去的情況，我會盡量保持理性，溫和表達意見。如果遭受到誤解或委屈，我會轉身離開現場，找個安靜地方讓情緒平穩下來。我對自己的理性感到很自豪，但最近上了一些心理學課程才發現這也可能是一種壓抑，不會生氣並不見得是好事，很容易內傷。但是要怎麼了解自己的情緒？我還不太清楚，需要慢慢摸索。

> 我很少跳舞。學生時代幾乎不曾參加舞會，也沒去過夜店。直到不久前參加藝術治療體驗，老師要我們自由舞動，我像一根竹竿般直挺挺全身僵硬，有的人卻很放鬆隨

著音樂搖擺扭動，像水草般優美柔軟。老師說我的肢體太緊繃了，走過來帶領我的手腳胡亂揮動，對我來說是很新鮮的經驗。我一直在充實大腦的理性，卻忽略了身體的感性，或許該讓它多動一動才對。

****

我很少讚美自己，很少對自己感到滿意。我總是批判自己不夠聰明、不夠努力，老是責備自己做錯事和說錯話，不斷陷入懊惱和追悔。我知道每個人都不完美，但我的缺點在自己眼中卻不斷放大，讓我越來越沒自信。我何時才能放過自己？

****

我很少回家，因為我在逃避，不願意跟媽媽太靠近。我從小就飽受她的批評，我的穿著打扮、我的功課、我的朋友、我的言行舉止她通通不滿意，一天到晚糾正我並潑我冷水。直到現在她仍不放過我，只要我打電話回家，她就一直告誡我要學聰明點不要傻乎乎被騙、不要太貪吃以免發胖很醜、要省錢不要亂買一堆沒用的東西、趕快結婚不要再東挑西撿，當心拖成老太婆沒人要……，為了逃避她的負面能量，我只能離她遠遠地，以免好不容易建立起來的自信心又被她打垮。

在課堂上分享的時候，我通常只是含笑傾聽，不需要多說什麼，因為每個人在寫作的過程中，都已經開始整理自己的人生，跟內心世界展開對話。有時候，他們會急著想要尋求建議或聽到解答，但我會提醒大家：「自己人生的答案無法外求。自己想要什麼、想往哪個方向前進，答案都在自己心裡。不要急，繼續跟自己對話，找到自己的選擇，發現自己的力量。」

我們每個人都走在探索自己的路途上，相信自己的心，相信手中的筆，相信每一個問題終究都會跟屬於自己的答案相遇。

有時候，「我很少」也可以作為一種自我的宣告，一種價值觀的選擇。一位力行簡樸主義的朋友是這樣寫的：

> 我很少逛街買東西。我有流浪的靈魂，不喜歡像植物一樣永遠固守在同一個地方一成不變，所以我經常搬家，每次搬家就趁機丟掉一些東西，連信件、照片和日記都慢慢丟棄。我還懷抱著出國夢，想要移居到不同國家去住幾年，體驗不同社會文化。為了避免日後搬家麻煩，從現在就嚴格執行「斷捨離」，希望東西只出不進，身外之物越少，未來就越輕鬆自由。

這段寫作非常激勵人心。我想到自己當初去紐約兩年，也是帶著兩只皮箱就出發了，其實我們真正需要的東西很少，如果可以不囤積不戀棧，生活會簡單很多啊！

你很少做的事情、不熟悉的事物，對你有什麼意義？透過書寫，我們越來越了解自己，甚至可以帶來改變的勇氣喔！

Note

我很少

我看見……

經常有朋友問到：「我很想要練習寫作，但不知道要寫什麼？」這時候，我會請他睜大眼睛，仔細觀看身邊的各種事物，然後從「我看見」這三個字開始寫起。

我們活在豐富多變、不斷流轉的世界，眼前隨時都充滿各式各樣的色彩和動人的畫面。桌上的筆記本和咖啡杯、牆上的抽象畫、被輕風吹動的薄紗窗簾、陽光斜斜射在陽台花架上、染著綠色頭髮的青春少女、在路上呼嘯而過的一輛炫風重型機車、公園裡一對攜手緩緩散步的白髮老夫妻、草地上互相追逐吵架的鴿子、趴在樹上認真盯著你手中零食的貪吃松鼠、宛若童話世界的商店櫥窗、捷運車廂裡背著沉重書包神色倦怠的中學生……，每一個小小的畫面，都可以是寫作的起點。

寫作不一定要在室內進行。每次當我走到戶外，在公園裡散步、在大樹下野餐、在路邊咖啡座看著人來人往、在火車或捷運車廂上、在餐廳裡、在下班時分的街頭人潮裡，身邊的人事物不斷移動，視覺刺激更加豐富，寫作的靈感也源源不絕。

我習慣隨身帶著筆記本，只要看到某個畫面心有所感，就會拿起筆來書寫。這是我信手寫過的一些片段：

> 我看見一個街頭藝人在公園裡拉小提琴。一個媽媽牽著小女孩走過，女孩聽到音樂就停下腳步，好奇看著街頭演奏家，然後隨著音樂開心地手舞足蹈，街頭藝人笑了，一面拉琴一面跟她共舞。這畫面好可愛。

****

我看見前院花園裡出現兩隻毛毛蟲，許多花瓣和葉片被啃得殘缺不全。我好猶豫，應該除掉毛毛蟲以保護花叢呢？還是供養一些花葉讓毛毛蟲長大變成美麗的蝴蝶？我取決不定，陷入兩難的選擇。

****

我看見窗外的樹梢上有一隻綠繡眼在枝葉之間輕盈跳躍。我正在陽台晾衣服，立刻停下一切動作，生怕驚嚇了牠。牠歪著頭好奇張望的姿態好可愛。我靜靜看著牠幾分鐘，直到牠揮動翅膀飛走為止。我的心情原本有點煩躁，但這幾分鐘卻讓我忘記了一切，真是奇妙。

****

我看見路邊的候車亭有一群中學女生笑笑鬧鬧在排隊。我此刻正坐在公車上，當公車靠站停妥後，她們一湧而上，車廂裡立刻洋溢活潑的青春氣息。現在髮禁解除了，年輕女孩們都變得很漂亮。想到以前我們念書的年代，每個女孩頭上都頂著一個傻氣的西瓜皮髮型，整齊劃一單調無聊，醜斃了。十幾歲宛如新鮮嫩芽般的少女時光，人生只有一次，我們卻無法展現自己獨特的個性和審美，整天被教官盯著是否頭髮多留長了一公分，裙子是否偷偷往上縮短了一公分，回想起來真是悲哀。

****

我看見媽媽的背影。她一如往常，正在廚房裡細火慢燉著一鍋香氣濃郁的藥膳，要為偶爾回家的兒女們進補。

這個背影我從小看到大，媽媽總是沉默地在廚房裡忙碌著，端出一盤又一盤拿手好菜，藉此傳達她對我們的愛。但其實我們根本吃不了這麼多。我更希望看到媽媽正面的臉龐。很希望媽媽放下鍋鏟和家務，轉過身來跟我們聊天說笑。

****

我站在鏡子前面仔細凝視自己，然後我看到了爸爸的眼睛，還有媽媽的唇形。子女跟父母是怎樣的一種緣分啊，我的臉龐上如此鮮明印記著父母的痕跡，也擁有跟他們一樣的習性和脾氣。我討厭媽媽愛操心，但我同樣是個容易操心容易焦慮的人；我抱怨爸爸的享樂主義，但我又何嘗不想任性率情、輕鬆愜意？是不是每個子女都是父母雙方的矛盾綜合體？我的心裡升起一股既溫暖又哀傷的複雜情緒……

你看過電影《深夜加油站遇見蘇格拉底》嗎？有一段情節是智慧老人教導年輕主角要專注地觀看，覺察每一個當下眼前正在發生的種種細節，那段畫面非常神奇而且動人。

所以，你準備好睜亮雙眼了嗎？此時此刻此地，當你環視周遭的景物，你看見了什麼呢？

Note

我看見

我聽見……

在民間故事中，我很喜歡媽祖廟前的兩位將軍「千里眼」和「順風耳」。尤其是順風耳，可以聽見遙遠風中傳來的各種細微聲響，光聽名字就帶有一種充滿想像力的詩意。

在我們所有的身體感官中，視覺是最強勢的，我們經常仰賴眼睛觀看世界，比較少動用耳朵去仔細凝聽。只有在靜坐或禪修時，不再說話，不再行動，只是靜靜坐著，心安定下來，這時我們才會聽見周遭遠遠近近的各種聲音：有小鳥在叫、有救護車的伊嗚聲駛過、有喇叭聲、有風吹過樹葉的沙沙聲、有魚缸的水流聲、有小販的叫賣聲、有學校的鐘聲和廣播聲、有年輕人打籃球的笑鬧聲、有郵差的叫喚聲、有一對情侶在吵架、鄰家廚房的炒菜聲、媽媽呵斥小孩的怒罵聲……

我記憶中最難忘的一個聲音，是在二十多年前，那時我經常熬夜寫稿，有一天深夜，我突然聽見老虎哀鳴的聲音。我平時很愛看動物星球頻道，這聲音錯不了，但現代都市裡怎會有老虎的吼聲呢？虎落平陽，絕對沒有好事，我一夜忐忑未眠，天亮就趕快出門，到附近尋覓。果然在一家餐廳旁邊的空地，看到一隻擁有美麗斑紋的老虎被鎖在堅固的鐵籠裡，絕望地哀嚎。

當時台灣還沒有動物保護的法令，我也生性怯懦，不知道該如何為這隻老虎求助。我只是哀傷地看著牠。接連兩天的深夜，我依然聽見牠的叫聲，心裡一陣陣刺痛。然後，這個聲音跟鐵龍就一起消失了。我不知道牠去了哪裡，最慘的下場大概就是落入老饕的肚子裡吧。但既然生亦無歡，早日死亡脫離苦海，是否是最好的下場呢？我憂傷地如此想著，卻也沒有勇氣走進餐廳去詢問。問了又能怎樣？人類在地球上強勢地主宰著一切，所有的動物生靈只能面對悲劇的命運吧。

寫到這裡，只能祈求人類的集體靈性可以不斷提升和進化，讓所有的生命都可以得到善待與幸福。現在台灣已經有動物保護法，也算是讓人欣慰的進步。

生活中無時無刻都存在著各式各樣的聲音，有時候，聲音裡的故事比我們眼睛看見的世界更豐富。別讓日常的忙碌掩沒了你的聽覺，每天十分鐘，試著聽聽看。

> 我聽見小狗在打呼。這傢伙真好命，我在熬夜趕報告，牠卻躺在舒適的軟墊上呼呼大睡，四隻腳還會輕輕抖動，大概正夢見在公園快樂奔跑的情景。牠是我的小書僮，無論我熬夜到多晚，牠都堅持要陪在我身邊，我看著牠可愛的睡姿，心裡暖暖的，不禁微笑起來。
>
> **
>
> 我聽見鄰居小孩練習鋼琴的聲音。上班族到了週末就是要賴床，我卻每次都被鋼琴聲吵醒，迷迷糊糊躺在被窩裡，直到笑出聲來。有一支練習曲他已經卡在同一個地方三個禮拜了，每次彈到這裡就中斷，接著他就會不斷重複練習，聽得出來很努力，卻一直跨不過障礙。可憐的小朋友，加油啊！
>
> **
>
> 我躺在沙灘上仰望藍天，傾聽海浪的聲音，好像大自

然的搖籃曲，讓人全身放鬆昏昏欲睡。我在都市裡長大，常覺得世間沒有永恆不移的事物，沒想到花蓮七星潭海邊夾著海風鹹味週而復始的浪濤聲，讓我突然有一種活在天地間的安心感。

****

我聽到下雨的聲音，跑到窗邊一看，雨還真大，天空灰濛濛的，看樣子這雨一時停不了。早上兒子出門時，我叮嚀他要帶雨傘，他嫌麻煩把我的話當耳邊風，現在果真下雨了，我要開車去接他嗎？還是要忍心讓他淋一次雨，學一次教訓？媽媽的兩難，對他又心疼又生氣，真不知道該怎麼做啊。

現在，你也可以閉上眼睛，靜靜傾聽周遭環境的聲音。你聽到什麼呢？

Note

我聽見

我發現……

在課堂上，如果有人抱怨生活很無聊、日子總是一成不變，我會提出一個點子：用「我發現」當作起始句，讓大家想一想最近生活裡有什麼新的發現，特別是對於自己。

於是，話題就熱鬧展開了。

一位有著黑眼圈的朋友說：「我發現，這個年紀已經不能熬夜，只要晚睡，隔天整張臉立刻圓起來，水腫的很厲害。」

一位氣色很不錯的朋友興高采烈地說：

> 我發現，練了氣功之後，身體真的變好了。以前只要換季或變天，我就開始氣喘和過敏，這次寒流來我居然都沒事，可以舒服一覺到天亮。真是太神奇了。

一位媽媽說：

> 我發現，孩子們吵架的時候，大人只要不介入，小孩子自然會用自己的方式去化解。以前我太緊張了，總是趕快居中協調，最近看了一些親子教養書籍才知道這樣做並不明智，父母應該要放手讓孩子學習解決衝突的能力。果然，孩子的心性是單純健忘的，剛剛還吵得面紅耳赤，沒多久就笑嘻嘻又玩在一起。我也算是學到一課，大人們千萬不要管太多，切忌太雞婆。

一位朋友提到最近在職場裡體會到的心得：

我發現，適度拒絕別人很重要。我有一個同事經常因公外出，每次都把他的業務託我處理，讓我的工作量大增。後來我發現，他辦完公事後喜歡在外面蹓躂一下，拖延回辦公室的時間，因此我拒絕再幫他，請他自己回來負責完成。他覺得不爽，還擺臭臉給我看，但我終於可以準時下班了。敢對別人說NO的感覺，真好。

經過大家七嘴八舌的分享和回應，每個人才驚訝地發現，在看似平常的生活裡，其實有許多新鮮的事物和感悟正在發生。當然，如果能夠坐下來寫作，就更好了。

我發現自己有一個慣性模式：因為怕受傷而變得退縮。這是不久前跟朋友去逛花市時無意中發現的。那天，朋友逛得很高興，沿路買了大岩桐、小玫瑰、小雛菊、牽牛花，購物籃裡五顏六色好漂亮。朋友問我怎麼都不買？我連忙搖手說：「我是黑手指，很怕把花種死了，不敢買。」朋友爽朗地說：「草花多半是一年生，花季過後就死掉，很正常。你就開心欣賞這兩個月的美麗，然後再買一批新的就好啦。這樣家裡的窗台就會一年四季都有鮮花盛開。」我突然發現這就是我的模式，因為很膽小，怕挫折感、怕難過、怕受傷，很多事都不願意嘗試。或許我該跟朋友學學，不要那麼患得患失，不要為了怕未來傷心就錯過現在的美好。

****

我發現媽媽煮的菜越來越難吃，不是太鹹就是太爛。她一直是廚藝高手，輕輕鬆鬆就可以變出一桌色香味俱全的好菜，現在怎麼變成這樣？我剛開始還取笑她，批評她鹽巴放太多了，是否看電視入迷忘了關爐火，但有一天突然發現，其實是她老了，她的味覺正在退化，牙齒不好，體力也大不如前，讓她的廚藝日漸走樣。這個發現讓我覺得好悲傷。

****

我發現自己沒有想像中那麼軟弱。自從決定離婚，我就不斷給自己心理建設：我可以用一年時間慢慢療傷，傷口癒合之後一定要活得比以前更好，更快樂。我帶孩子出國玩一趟，回來之後把家裡重新粉刷，丟掉很多東西，換了窗簾和一組新沙發，並規劃出親子閱讀空間，讓屋子煥然一新變得明亮溫馨，心情也開朗許多。走過這段辛苦路途之後我很驕傲地發現，自己比想像中更勇敢，更堅強。

這些發現對自己都別具意義。只要帶著好奇和探索的眼睛，很容易在生活裡發現新鮮的事物，甚至會發現一個意料之外的自己喔！別著嚷著說好無聊，一起來「發現」一下吧！

Note

我發現

此時此刻，我覺得……

喜歡佛學和禪修的人經常提到要「活在當下」，這個概念很美，但要做到可不容易。不過，透過書寫倒是有一個很簡單的方法，只要從「此時此刻」開始寫起，就可以把心念和注意力凝聚到眼前當下這個時空。

而心靈寫作最重要的目標是覺察自己，所以，我喜歡再加上「我覺得」這三個字，把寫作的重心拉回到自身。尤其是心情不好或情緒混亂的時候，用這個起始句來展開書寫，可以直接面對內心的情緒，逐漸釋放緊繃的壓力。

譬如有一天早晨我匆匆出門去趕高鐵，跳上捷運之後才發現忘記帶手機。我開始生自己的氣，於是掏出隨身的筆記本開始書寫：「此時此刻我覺得很懊惱。為何我老是粗心大意？我要去南部旅行三天，沒有手機非常麻煩……」低頭專注寫了十分鐘，等我坐上高鐵後已經轉化情緒，接受現實，決定以瀟灑態度過三天沒有手機干擾的假期。

還有一次我坐在醫院的候診室裡等待身體檢查的結果。我在筆記本上寫著：「此時此刻我覺得忐忑不安，醫院真是一個讓人恐懼的地方，我好像要等著聆聽一場宣判，很擔心聽到不利的訊息……」我利用書寫來直視我的恐懼和焦慮，度過這段緊張等待的時光。幸好一切沒事，心中的大石終於放下，立馬決定大吃大喝慶祝去，哈哈哈。

我們的心靈就像一片大海，隨時隨刻都有許多情緒如浪花泡沫般起起落落。有時開心，有時難過，有時生氣，有時害怕，有時寂寞，有時滿懷溫情。每一個片刻只要坐下來寫作，當下的心情就找到一扇抒發的窗口。

此時此刻我覺得好累。我已經疲倦於吵吵鬧鬧的婚姻，疲倦於缺乏信任的愛情，疲倦於整天提心吊膽懷疑你的忠誠。既然第三者想要介入我們的家庭，那我是否該選擇放手？或者要奮戰到底，不讓他們得逞？孩子怎麼辦？要怎麼跟孩子解釋？如果離婚，孩子會怨我嗎？他會覺得我很失敗很無能嗎？不斷的搖擺和困惑讓我好累好累。我很怕做錯決定，傷了孩子也傷了自己。生命為何如此艱難呢？

****

此時此刻我覺得很幸福。我在陪女兒畫畫，她的每一幅畫都有一個自編自創的故事，充滿了童稚的情節和天馬行空的創意，她比手畫腳很認真在講故事的樣子好可愛。我怎會生出這麼純真的小天使啊！

****

此時此刻我覺得火冒三丈。同住一棟大樓的公公婆婆沒有事先打聲招呼，就直接拿著備用鑰匙開門，帶著水電師傅從樓上搬了一套不鏽鋼水槽進來，說還可以用丟掉可惜，要放在我家後陽台。這已經不是第一次了，每次他們都這樣隨時闖入，也不管白天或晚上，有時候我剛洗完澡或穿得涼快，都讓我措手不及非常尷尬。他們絲毫沒有隱私權的觀念，什麼東西都往我家堆，我跟老公溝通過很多次，他卻像縮頭烏龜，一直叫我息事寧人，不要那麼計較。男人真是不可靠。我已經受夠了！我到底要如何讓公婆知道我的真實感受呢？

****

此時此刻我覺得很感動。我很容易手腳冰冷，前天全家一起看電視，節目中提到泡腳的好處，我開玩笑跟兒子說：「你比較有力氣，以後要幫我準備泡腳水喔。」兒子擺出很酷的手勢說：「OK!」沒想到剛剛吃過晚飯後，兒子真的端出一桶熱水，要讓我邊看電視邊泡腳。我感動到快要哭了，害他很不好意思。這麼貼心的兒子，我能不感到欣慰嗎？

每個片刻的心情多半稍縱即逝，宛若雪泥鴻爪，但是一旦被文字紀錄下來，就是生活裡一道真實的光影，日後回看，都是生命走過的足跡。此時此刻就是最好的寫作時刻。現在就拿出紙筆，從這個當下開始寫起吧！

Note

此時此刻，我覺得

自從……之後……

我從小就很喜歡小動物，但並不喜歡黑狗。沒想到，自從無意中收養了一隻小黑狗之後，很快被她收服，她一臉傻乎乎非常可愛，每天回家就看到她快樂地飛奔而來，黏在我身上不停撒嬌，讓我整顆心都融化了。自從愛上她之後，我走在路上只要看到黑狗、黑貓都忍不住微笑，覺得黑色毛小孩真是可愛。

「自從……之後」是一個蠻有趣的起始句，讓我們細數自己的生命之河在哪些時候發生了哪些大大小小的轉折點。譬如：

自從上了大學以後，終於擺脫聯考的壓力和束縛，可以呼吸自由的空氣了！

自從過了三十五歲之後，周遭親友的逼婚壓力終於慢慢退散，呼！

自從有了孩子之後，連好好看一本書的力氣都沒有，好累。

自從愛上露營之後，假日全家出動一起到郊外踏青，跑跑跳跳，接近大自然，孩子不再沉迷3Ｃ產品，變得活潑又健康。

自從退休之後，我就開始到處去上課，學畫畫、學跳舞、學西班牙文，享受學習的樂趣。

自從談戀愛之後、自從失業之後、自從腳踝受傷之後、自從搬到鄉下之後、自從爸爸過世之後……，生命的每個轉折都帶來一些新的經驗和改變。不過有時候，這份改變自己並沒意識到，而是透過別人的提醒才有了自覺。例如這位朋友寫的：

> 自從失戀之後，我不再注重打扮，不知不覺越來越邋遢，身材也變得臃腫。有一次碰到好友J，她看著我直搖頭，把我大罵一頓，我才發現原來我傷得那麼深，潛意識

呈現一種自暴自棄的狀態。很感謝好友的當頭棒喝，我決定振作起來，重新找回那個愛美的自己。

有時候，這份改變不是憑空而來，而是付出努力才達到的，例如這位父親的歷程：

自從兒子轉學之後，我們的親子關係明顯變好了。說真話，當初要放棄明星學校的資優班和熱門擠破頭的才藝班，我確實經過一番掙扎，父母的虛榮心比想像中還要強大。但經過反覆考量並且和太太審慎溝通一段時間後，我們決定了最高指導原則：兒子的快樂比什麼都重要。如今看到他臉上的笑容，我覺得一切努力都值得了。

有時候，生命的改變帶來艱難的處境，需要一段時間才能適應。例如這兩位朋友寫的：

自從爸爸有了外遇之後，越來越少回家吃晚飯。夜晚的餐桌變得很冷清。我看到媽媽強顏歡笑的落寞眼神，心裡很氣爸爸。他不只背叛媽媽，也背叛了我，背叛這個家。但我不想求他回頭。如果他不珍惜我們，我們何必在乎他？如果媽媽想要離婚，我絕對會支持她。

****

自從動手術割除乳房之後，我就不再泡溫泉了。以前我很喜歡穿細肩帶洋裝，喜歡跟姐妹淘去泡裸湯，喜歡去做精油按摩SPA，這些享受現在我都放棄了。聽說有些病友會揪團到日本泡湯，在語言不通的國度比較放得開，但我到目前為止還是無法跨越心理障礙，很怕被別人好奇的眼神刺傷。希望有一天我可以勇敢克服心魔，坦然接受身體的殘缺和疤痕，重新享受溫暖的大眾裸湯池。

還有一位朋友提到心靈寫作，讓我心暖暖一笑：

自從上了心靈寫作課程之後，我就迷上自由書寫，內心有滿滿的感受一直湧上來。好像被禁錮許久的囚犯突然走出牢籠重獲自由，我只要看到什麼、想到什麼，就想要寫出來。早上起床寫，中午休息時間寫，晚上睡覺前又寫，先生很好奇我到底在寫什麼，我就把文章念出來跟他分享，他覺得蠻有意思，但我邀請他一起寫，他卻立刻搖手說不要。他不了解我渴望表達的強烈欲望。幸好我跟文友們在網路群組裡可以隨時彼此分享，互相打氣。我不知道這份熱情還會持續多久，但我很珍惜現在這種魂牽夢繫的感覺，寫得滿滿的筆記本也讓我很有成就感。

感謝這位朋友的分享，自由書寫真的會讓人著迷呢！如果你的生活正經歷著一些深刻的轉折，就提筆來寫作吧，讓文字陪伴你走過這趟心靈的旅程。

Note

自從……之後

第二章

我是誰

以創意探索心靈

在哈利波特系列小說《神祕的魔法石》書中，有一段我很喜歡的情節，就是「意若思鏡」（the Mirror of Erised）。

這是一面神奇的鏡子。缺乏家庭溫暖的哈利波特在鏡中看見逝去的父母正含笑站在他身邊；渴望得到注意和認同的榮恩，則在鏡中看見自己成為魁地奇隊長，還拿到了冠軍盃。

意若思鏡（Erised）是一個漂亮的隱喻，它其實是「desire」（渴望）的反向拼寫，而這正是鏡像的作用。在鏡框頂部刻著一行謎樣的文字：「Erised stra ehru oyt ube cafru oyt on wohsi」，看起來很像神祕的咒語，但若倒過來唸並挪動字母的位置，就會變成這段話：「I show not your face but your heart's desire」（我呈現的不是你的臉龐而是你心靈的渴望）。

鏡像原理是一種投射作用，透過光影在鏡子上投射的影像，讓我們看見自己的形象和樣貌。

在進行心靈寫作的時候，我們也可以運用一些有趣的隱喻和象徵。透過投射，我們往往更容易流露真實的自己，傾聽到靈魂的渴望、欣喜與嘆息。

如果我是一隻動物，那我就是……

這是我很喜歡的一個起始句，也是我在心靈寫作課堂上最常使用的一個開場白。

如果用一隻動物來象徵你自己，在你腦海裡浮現的影像是什麼呢？

這個起始句看似平常，卻非常神奇，只要下筆一路寫去，某一部分的自己就會清晰浮現。而我也經常被學員們隨手寫來的靈感和意象所觸動。

一個活潑好動的小男孩寫自己是一隻猴子，因為他最喜歡吃香蕉，還喜歡爬樹、盪鞦韆、跳來跳去。他希望身邊有很多好朋友，大家一起吃香蕉、講笑話、玩耍追逐、打打鬧鬧，永遠不寂寞。

一位內向害羞的小女孩寫到自己是一隻小小的螢火蟲，沒有什麼胸懷大志，只想在黑暗的時候還能夠發出一閃一閃的亮光。雖然這道光很微弱，卻真實證明了一隻螢火蟲存在的意義。

一位上班族形容自己是一隻小蜜蜂，嗡嗡嗡每天勤做工。他早出晚歸，四處奔波，全是為了要收集甜美的花蜜帶回去奉獻給蜂巢裡的女王蜂，讓她好好養育下一代。他自嘲說「男人真命苦」，整天為家辛苦為家忙，但這是身為工蜂不可迴避的使命和驕傲。

一位退休的志工爸爸寫到，以前年輕的他就像一頭威猛的獅王，喜歡發號施令，爭強好勝，愛面子不服輸，嚴格領導屬下全力衝刺，讓公司業績從谷底翻升。現在白髮漸生，他逐漸卸下剛強銳氣，甘心變身成一隻溫柔的導盲犬，以耐心循循善誘，陪伴一些缺乏關愛而誤入歧途的孩子們，希望他們找到一條光明的路。

越是輕鬆，沒有顧忌，沒有包袱，自由書寫就越能呈現出真實的自己。透過動物作為象徵，心裡幽微角落的聲音也輕輕往上浮起。

一位因車禍而雙腿傷殘的少女這樣寫到：

我曾經是一隻快樂飛翔的小鳥，無拘無束，想飛就飛，在天空恣意翱翔。但是如今的我失去了翅膀，只能在地面上緩慢行走，偶爾望向天空，追憶那曾經擁有的自由……

一位罹患罕見疾病的孩子形容自己：

我是一隻孤獨的鱷魚。別人都被我醜陋的外表嚇到，很害怕靠近我，卻不知道我的內心其實很渴望溫暖。

一位舉止優雅的音樂老師這樣寫：

我是一隻備受呵護的小狗，在充滿關愛的環境中長大，乖巧、忠誠，以甜美的微笑回應所有稱讚和擁抱。但是，有時候我望向窗外，看到野生狗兒們以天地為帳，在風中在雨中行走奔跑，在陽光草地上爽快打滾，沒有包袱，勇敢率性，我也會羨慕牠們。我的血液裡有一股流浪的渴望，但卻被親情和恐懼重重牽絆，讓我只能待在溫暖舒適的沙發上，想像天寬地闊的豪情瀟脫……

一位對前途茫然的中輟生覺得自己是一隻毛毛蟲：

但我不想變成蝴蝶，只想一輩子捲曲在黑暗的蛹裡，永遠不要面對外頭的世界。

一位坦率的年輕業務員說自己是變色龍：

我隨時可以配合環境變換色彩，跟大家融為一體，不會強出頭也不會被排擠。從小就爹不疼娘不愛的，凡事都要靠自己，為了活下來只好練就一身本事，把我丟到什麼環境我都不懼怕。

一位在愛情路上不斷受挫的輕熟女對自我感到很困惑：

我是一隻醜小鴨，從小就胖胖的，長相很平凡。我總是在羅曼史小說的浪漫故事裡投射美麗的幻想，期待自己變成天鵝的那一天到來。但是年歲漸長，我開始懷疑我真的會變成天鵝嗎？如果我只是從一隻醜小鴨長成一隻醜大鴨，那我的價值到底在哪裡呢？

看了這麼多範例，你的靈感是否也開始湧現呢？如果是你，你是什麼動物？現在就拿起筆來，跳進十分鐘書寫的魔法世界吧。

Note

如果我是一隻動物，那我就是

如果我是一棵植物，那我就是……

植物依戀著大地，不像動物可以自由移動，但是當我們仔細凝視或觀想一棵植物，卻有一種安靜的美，心緒逐漸安定下來，在無言的交流中感受到它們存在的能量。

古代文人喜歡以植物來象徵自己的品格和氣節。蓮花出污泥而不染，象徵潔身自愛；梅花綻放在冬季，象徵堅忍不畏冰雪；竹子中空有節，代表謙虛的胸懷；蘭花空谷幽香，表示君子不求名利自有芬芳。

地球上的植物有數十萬種，到處都有它們的身影，類型繁多，姿態萬千。你會選擇哪一種植物來代表自己呢？

從小就跟疾病共處的年輕女孩寫到向日葵。她不喜歡陰鬱和悲傷，寧可仰起頭來，尋找烏雲背後透出的金色光芒，追隨那永恆的明亮與溫暖：

越是難過的時候，越要用力微笑。有人說我太天真，但是，沒有陽光的生命要如何活下去呢？」

一位孤僻女孩寫到自己像一株含羞草：

我的身形矮小，貼近地面，看起來毫不起眼。我很膽小，只要有人靠近我就很緊張立刻闔上葉片，藉此保護自己。我也不想如此，但是害怕的本能讓我一次又一次地關上心門。

夜貓族設計師的腦海裡浮現出鄉下奶奶種在院子裡的曇花。他習慣晝伏夜出，白天老是萎靡不振渾渾噩噩，太陽下山後才逐漸回神，精神抖擻，工作效率大增。在他心目中，特立獨行的曇花正是他的象徵：

想要看到我最神氣的樣子，一定要在深夜來尋訪我。我跟這個世界的韻律是顛倒運轉的，有緣與我相見，很好；若是無緣相見，那也是沒辦法的事。

他想到童年時全家人一面吃東西一面聊天，熬夜等候曇花綻放的回憶，心裡湧上一股暈染的溫暖。

整天在玻璃帷幕大樓之間穿梭的中年主管，即使在都市裡打滾了幾十年，卻覺得自己靈魂深處還是一棵佇立在南部平原豔陽下的鳳凰木：

每到畢業季節驪歌響起，正是鳳凰花盛開的時刻。鮮紅色的花朵就像青春的火焰，宛若翅膀的花瓣像在鼓舞人們勇敢高飛，努力去開創下一個階段的人生。當初我們懷抱著各自的理想離開故鄉，現在都市裡已經很少看到鳳凰木，偶爾想到它，就彷彿憶起青春的歲月，有一種淡淡的鄉愁。

喜歡爬山的公務員希望自己是一棵傲然挺立於高山之巔的雪松：

我不喜歡人群熙攘，不喜歡世俗繁華和爭權奪利，只想靜靜站在人跡罕見的山頂，迎接日出日落、風霜雨露，看著千萬年來時刻變幻的雲海翻滾，霞光萬千……，但人類的腳步不斷逼近，我只能祈願，希望我所容身的蒼鬱山林可以永續長存，千萬不要被短視近利的人類破壞殆盡，當大樹死亡了，人類也將無法存活啊！

正在為愛情哀悼的傷心女孩一面寫一面掉淚：

我是《小王子》書裡的那朵紅玫瑰。我任性、驕縱、虛榮、脆弱、依賴、缺乏安全感、自我中心，明明心裡很愛小王子，卻戴著高傲的面具，不斷挑戰小王子的耐心，藉此確認他的愛。終於，小王子累了，決定離開。我後悔莫及，卻還是故作堅強，不願讓他知道我在乎，不肯在他面前流出脆弱的眼淚……

至於我呢，自從學了中醫之後就愛上植物的世界，覺得每種花草都充滿了珍貴的療癒能量。如果要選一種植物代表我，那絕對就是艾草了。它看起來很平凡，四處可見，卻充滿陽性能量，可以驅除邪氣、打通經絡、招百福治百病，還可以食用，全身都是寶。希望我也有這樣的正向特質啊！

此時此刻，你心裡是否已經浮現某棵植物的綠意身影呢？

Note

如果我是一棵植物，那我就是

如果我是童話故事中的角色，那我就是……

童話是一個充滿象徵的世界，虛擬的故事卻反映著真實的情感，每一個角色和情節都是真實人生裡的某個隱喻或縮影。

譬如三隻小豬的故事，有人像第一隻小豬懶散馬虎（我有時候也會這樣，掩面），有人像第二隻小豬抱著苟且心態，經不起嚴格考驗（再次掩面），有人紮實牢靠把事情認真做好，一勞永逸（我也有這一面啦，驕傲挺胸）。

至於童話故事裡永遠的反派大野狼，也有不同角度的詮釋。你可以說牠肚子餓了，為了求生很努力不懈在打拼（要一直推倒房子也是很費力的啊）；你也可以說牠是超級破壞王，就愛唱反調，看到人家蓋房子就故意要去推倒。（社會上確實就有這種人，不是嗎？）

很多人喜歡賦予童話故事教化色彩，一直告誡大家要記取兩隻懶小豬的教訓，要學習第三隻小豬的勤奮等等。但是在自由書寫的時候不妨輕鬆些，不管好壞的評斷，而是很誠實地看看哪一個角色最能夠引起你的聯想和共鳴？

例如在《小紅帽》故事裡，你是天真的小女孩、機警的獵人、虛弱的奶奶、還是吃飽了就愛演戲的大野狼？

在《快樂王子》故事中，你是仁慈善良卻沒有行動力的小王子？很仗義在冰雪中替王子實現心願的傻燕子？還是祈求上蒼垂憐希望從天上掉下金葉片的貧窮百姓？

在《木偶奇遇記》故事裡，你是不聽話愛說謊的小男孩，還是對孩子永遠懷抱盼望的孤單老父呢？

「說起來有點不好意思，我覺得自己就像彼得潘。」三十幾歲的單身族寫到面對父母逼婚的心情。他的內心眷戀著孩童的輕鬆、任性和自由，雖然歲月像甲蟲一樣不斷把他的年齡往上堆高，但他卻頑強抗拒不想長大，不想背負社會上期待的，所謂成家立業、生兒育女的種種責任。

「我是可憐又傻氣的小美人魚。」一位面臨婚姻困境的妻子寫到，她在愛情面前總是義無反顧一頭栽進去，全心全意付出，直到失去自己：

> 漸漸我才明白，當我傻乎乎離開了滋養我的舒適海洋，跳上乾涸的陸地，就注定了無法呼吸；當我丟棄了珍貴的魚尾巴，也就遠離了真實自我；當我無法發出聲音，就注定不會被了解，也不會被疼惜。這都是被愛沖昏頭的後果。在挽救婚姻之前，我想要先拯救自己，找回原來的自己。

一位乖巧體貼的女孩說，媽媽脾氣發作的時候比巫婆還要可怕，但媽媽哀怨痛哭的樣子又讓她於心不忍：

> 如果我是童話故事中的人物，應該是白雪公主吧。並不是因為我很美麗，而是命運相似。從小父親就在我的生

命中缺席，被婚姻遺棄的媽媽缺乏安全感，一直想控制我們姐妹。叛逆的妹妹敢於跟媽媽對嗆，而我就成了媽媽最後的依靠。媽媽對我的愛就像毒蘋果，讓我上癮，也讓我窒息。

還好我有一群好朋友，就像那七個小矮人，他們讓我知道什麼是歡笑自在和被關心、被愛。但是我不能一直待在快樂森林裡，有時候還是必須回去那個充滿怨念的家，勇敢汲取毒蘋果的汁液，作為一個孝順女兒的證明。

「我是愛上灰姑娘的王子。」維持單身將近十年的老師寫到：

我曾經瞥見過愛情的美麗身影，從此以後我就緊緊握住一只被遺落的玻璃鞋不放，在人海中苦苦追尋。我最近開始懷疑：是否該把過去的水晶鞋丟棄，才能迎接新的愛情來臨？

還有一個個性坦率說話很大聲的女老闆說：

我最喜歡電影《史瑞克》中那隻粉紅色的噴火龍，跟我很像。我看起來恰北北，公私分明嫉惡如仇，不了解的人都以為我很兇猛很可怕，但我只是堅持原則，盡忠職守保護城堡而已。

我脾氣不好，但我先生就像那隻很愛講話的驢子，他看得到我的優點，會稱讚我逗我開心。所以噴火龍只要堅持做自己，還是可以找到真愛的。

這一個起始句是不是很有趣啊？！想一想你熟悉的童話和卡通故事，你會選擇哪一個角色來代表你自己呢？

Note

如果我是童話故事中的角色，
那我就是

如果用一幅畫來代表我自己……

在心靈寫作的課堂上，有時候我會搭配自由繪畫，請大家拿起蠟筆在一張A4白紙上畫出一幅圖案或意象來代表自己。

就跟自由書寫一樣，在繪畫時不必擔心畫得好不好、像不像，只要抓住腦海中浮現的直覺和意念，隨手畫出來就好。這不是畫畫課，重點是要以具體的畫面來表達此時此刻你對自己的感覺。

有人畫了一隻八爪章魚，小小的身體卻伸出許多長長手臂在四面八方飛舞，分別握著菜刀、炒菜鍋、書本、電腦、孩子、鈔票、掃把、病床上的老人。這幅畫清楚刻劃出了一位職業婦女的忙碌：

> 我看著這幅畫，發現自己真的很厲害，應該為自己按一萬個讚。

有人畫了一個房子，屋裡的書桌上有一部電腦：

> 宅男的世界很小，一方螢幕就足以容納；宅男的世界很大，無國界無時差笑傲江湖縱橫天下。

有人畫了一顆紅色的心，上面佈滿了灰色的裂紋和黃黑凌亂的枯草，夾雜著幾片小小的綠葉，有幾滴雨水落下。她寫著：

> 荒蕪的心，渴望一場傾盆大雨，在滂沱的眼淚裡，等待新芽重生。

有人畫了一顆閃著七彩光芒的鑽石，外面被一層黑色礦物包裹著：

我願意迎接生命各種歷練，把外在的灰礫和束縛磨掉，露出內心燦爛的光彩。

有人畫了一團混亂的毛線球，以及太陽系的行星圖：

別人都在正常軌道上好好運轉著，我的腦子卻不斷打結，理不出頭緒和方向，越急越亂成一團。

有人畫了一盞孤獨的街燈，照射出溫暖的光芒：

白天的時候沒有人會注意到我的存在，但是當黑夜降臨，人們就需要我幫忙照亮道路。這是助人工作者的畫像。

有人畫了一隻小惡魔，頭上長角，臉上帶著微笑露出兩只尖牙：

我平時看起來很和善，但不要以為我好欺負。惹到我就一定讓你不好受。

有人畫了三朵雲，白雲帶著問號，紅雲帶著笑臉，黑雲帶著閃電和雨滴，下方的綠色草地上有一個人影躺著：

我是天空的浮雲，隨風飄蕩，無法決定自己的方向。有時候開心，有時候困惑，有時候哀傷。當我感到沉重時，就跟著閃電一起怒吼，化成雨滴一起流淚。但是當我落到地面，仰望天空時，又覺得每一種雲朵都很美麗。轉換心境，看到的世界就不一樣。

一位罹患罕見疾病的朋友畫了海邊的黑色礁石和灰色浪花：

我的身體從小就一直生病一直打針吃藥，就像崎嶇不平的礁石，日夜接受冰冷海水和潮汐的無情拍打，一波接著一波永無止息。我的身上千瘡百孔，佈滿許多坑洞和銳利稜角，人們若想靠近我，不小心就會被割傷。但我不是故意的，這是我的命運。我只能勇敢咬牙接受海浪的侵襲與挑戰，並且自我安慰，沒有我的頑抗，就不會激起那些飛濺跳躍的美麗浪花。

而我的自畫像幾乎每次都有一棵大樹。有一次，我畫了一棵枝幹粗壯的大樹，樹根嶙峋有力地抓著黑色大地，樹上的茂密綠葉間點綴了五顏六色的花朵。我這樣寫著：

我的童年有很多艱困的陰影，但我還是努力長大，把枝幹伸向我所嚮往的天空。這些花朵是我喜愛的事物們：寫作、看書、電影、歌仔戲、占星、旅行、中醫、棒球、心愛的毛小孩。這些快樂的嗜好讓我覺得活著真好，生命充滿新鮮的樂趣。

還有人畫了一個輕盈的舞者，在太陽月亮和星辰間跳舞。這是她內心的小宇宙；有人畫了一顆小小的種子，象徵心中的夢想，安靜蟄伏在黑暗大地的縫隙中，等待雨水的灌溉和陽光的照拂，等待春天降臨，等待發芽。

至於你的自畫像，將會出現怎樣的畫面呢？

Note

如果用一幅畫來代表我自己

我的面具是……

在這個世界上大概只有初生的嬰兒不用戴面具吧。

小嬰兒是生命最單純的存在。餓了、渴了、不舒服了、孤單了、害怕了，就哇哇大哭；想尿就尿、想便就便、想睡就睡，想吃就吃，不想吃的東西就吐出來；看到喜歡的人就笑，看到陌生人或不喜歡的人就別過臉去，如果你想要勉強他，他就清楚表態生氣地把你推開。這是生命中難得短暫可以自在、坦率、純真階段。

稍稍長大之後，孩子漸漸學會機靈，懂得看人臉色了。難過的時候會忍住不哭；為了得到讚美和擁抱，會露出討好的微笑；為了避免惹人生氣，會把真實感受吞進肚子裡；學會說好聽的話，學會隱藏，學會迂迴試探、拐著彎做事以避免直接衝撞。越來越多的面具掛在臉上。

面具是社會上的生存法則和藝術，也是群體生活的必要公約數。面具保護自己也保護對方，避免彼此的心靈過分赤裸地相見而導致碰撞 。只要不失去真實自我，戴面具不見得是壞事。

每個人的性格和成長環境不同，選擇的面具也不一樣。有的面具很軟很薄，可以呼吸也容易穿透；有的面具很硬很厚，戴上了就不容易拿下來，讓自己漸漸忘記面具背後的真實臉龐。且看看這些朋友對於面具的書寫。

我的面具是微笑，不論發生什麼事我都盡量保持微笑，大家都稱讚我EQ很高。其實我有時候也會不耐煩或覺得某人很過分，心裡有很多煩惱，但是我不喜歡把負面情緒帶給別人，別人也沒必要承受我的壞心情。反而越難過的時候越要打起精神，以微笑面對一切，心情好像也會變好一些。

****

我的面具是堅強。我穿著強壯的盔甲扛起各種責任，總是報喜不報憂，從不喊苦喊累。如果我不夠堅強，如何讓公司和家人安心依靠？當然我也有疲倦和軟弱的一面，但是我不會沉溺其中，以前我會喝酒解悶，但那不是好的做法。現在我會去爬山、游泳、練拳，把鬱悶發洩出來。

****

我的面具是沉默。這不只是一個面具，已經是我性格的一部分。我不習慣跟人分享我的感覺和個人隱私，寧可跟人保持適度界線，以免互相干擾牽扯不清。我不想評論別人，更不願意被人評論，保持沉默是最好策略，可避免人際上很多困擾。

****

我的面具是開心果。我很愛講話，有點人來瘋，在別人面前總是嘻嘻笑笑，從小學到大學一直被選為康樂股長，很會規劃各種活動讓大家開心。出國念書以後，剛開始語言還沒上軌道，整個人變得很沒有自信，一直找機會約同學吃飯和參加活動，很怕別人忘記我的存在。我這才發現愛熱鬧的面具背後其實是害怕寂寞，很渴望朋友的讚賞和認同。

****

我的面具是叛逆者，專門用來對付媽媽和討厭的人。媽媽老是戴上受害者的面具，好像跳針一樣重複說著她有多可憐，都是為了我們才忍耐沒離婚，我們卻不聽話傷了她的心等等。為了讓她停止抱怨，我就戴上叛逆的面具，不願意她利用她的痛苦來控制我。還有一些討厭的老師和主管，老是擺出權威的面具，好像他們什麼都懂，什麼都對，把我們當作笨蛋，這時我的叛逆面具又會登場，告訴他們不要自以為是。雖然叛逆面具經常為我惹上麻煩，但我寧可被責罵被誤解，也不願意戴上乖乖牌的面具，聽任他們擺佈。

****

我花了很長一段時間才拿下完美主義的面具。以前的我絕不容許自己犯錯，絕不可以在別人面前認輸或出醜，連出門倒垃圾都要打扮整齊塗個口紅，時時表現出優雅愉快的高昂姿態。直到帶著孩子去做心理治療，我才慢慢放下完美面具，學習當一個不完美但可以跟孩子一起哭一起笑的媽媽。

你呢？你是否也有一個經常戴著的面具？它是什麼樣子呢？

Note

我的面具是

其實我是一個……

講完了面具，接著來看看在面具底下的你，到底是怎樣的一個面貌？

我很喜歡戲劇，有時候我會請大家想像：眼前有一個小小的舞台，四周燈光全暗，只有一束光線打在你身上。世界寂靜無聲，你獨自一人，慢慢在舞台上來回踱步，然後抬起頭來凝望前方，對著空蕩蕩的一片黑暗，開始展開內心獨白，真誠述說自己的心情。這時候，你想說些什麼呢？

有一次，我是這樣寫著：

> 其實我是一個很矛盾的人。有時候樂觀開朗，像一株向光植物，本能地朝著陽光之處伸展，有時候又很悲觀厭世，感到無窮的絕望。在別人面前，樂觀的我經常跳出來，開朗明亮溫暖；但是當我安靜獨處，不知不覺就往悲觀的一端默默傾斜，靜靜沉入灰暗的迷霧中。樂觀與悲觀，宛若白晝與黑夜，阿波羅與戴安娜，輪流在我心裡登場，任何一面都無法代表全部的我。

內心獨白是戲劇的用語，如果大家放得開，可以像演員一樣把自己的書寫表達出來。方法很簡單，只要在教室前方劃出一個空間當作舞台，請每個人輪流上台，以讀劇的方式，跟觀眾分享剛剛書寫的內心獨白。剛開始難免有點害羞，但嘗試過後就會發現，以戲劇的感覺呈現自己的寫作，其實蠻好玩的。

於是，第一位朋友上台，深吸一口氣，然後低聲念出：

其實我是一個缺乏自信的人。我的外表很陽光，但內心很軟弱，不知道自己要什麼，想依賴別人又害怕被討厭。我很膽小，害怕做錯事、說錯話，害怕大家不喜歡我，害怕被排斥、被孤立、被批評，遇到不公平的事也不敢反抗，不敢面對衝突，不敢說出真心話。我很羨慕獨立堅強的人，希望有一天我也可以勇敢活出自己。

第二位朋友上台，笑一笑，大聲地讀出文章：

其實我是一個心很軟的人，雖然我看起來兇巴巴，講話有點毒舌，但那是因為我有堅持的原則。我認為人應該先自助才能得到人助天助，有些人自己不夠努力，卻一天到晚想要依賴別人，對這種人我絕不會給好臉色看。但遇到真正需要幫忙的人，我不會冷漠袖手旁觀。有些人心軟卻毫無原則，結果變成濫好人，那絕對不是我的作風。

第三位朋友上台，態度蠻輕鬆：

其實我是一個過動症患者。我從小就很迷糊，記性很差，上學經常忘記帶書包和便當盒，回家忘記寫作業，聯考忘記帶准考證。長大後還是一樣，出門上班常忘記帶皮夾和鑰匙、忘記跟客戶開會的時間、報帳的發票也一團混亂，老是被會計小姐罵。有朋友是心理師，他建議我去做成人過動量表，我才知道我有注意力缺失（ADD）的傾向。原來我的迷糊並不是我故意不負責任或太糟糕，而是大腦天生的缺陷，讓我感到如釋重負。

既然是內心獨白，有時候難免碰到個人的隱私和傷痛。如果願意分享出來，代表了勇敢踏出面對傷痕的第一步。有一位朋友就展現了這樣的勇氣。

其實我是一個私生子。媽媽很傻，為了愛情，甘心當一個沒有名份的妻子，讓我的父親欄一直空白。我很討厭父親節，因為那一天爸爸總是缺席，他必須回到原配的子女身邊；我也不喜歡母親節，我討厭媽媽讓自己的人生受苦，連我一起受累。我還記得，有一天深夜，原配帶著子女到我家門外大聲謾罵，媽媽含淚摀著我的耳朵，希望我不要聽見這些羞辱的字眼。其實，我早已習慣左鄰右舍的異樣眼光和竊竊私語，我唯一能做的，就是以優秀的成績來替媽媽爭一口氣。現在，爸爸已經過世了，我跟媽媽再也不需要跟那個家庭有任何牽扯，上一代的愛恨恩怨，就隨著爸爸一起埋葬吧。

此時此刻，幕已拉起。如果你站上這個簡單的舞台，你想要說出怎樣的獨白呢？

Note

其實我是一個

我最大的優點是……

過去的華人社會很強調謙沖為懷，人們很少會主動讚美自己，受到稱讚時還會立刻客氣推辭：「過獎了，我沒那麼厲害。」「這不算什麼，你嘴巴太甜了。」很不習慣承受別人的讚揚。

但現代社會不一樣了。「你最大的優點是什麼？你最欣賞自己的特質是什麼？」在應徵工作或自我介紹的場合，經常會提到這個問題。一味的謙虛已經不合時宜，真實地了解自己，坦率地欣賞自己，才是王道。

在課堂上，這個起始句總是喚起大家的自信能量。聽著每個人對自己性格的正向肯定，真的蠻開心啊。例如：

我最大的優點是誠實。我講話很坦白，受不了虛假，或許有時候不太中聽，但是久而久之朋友們都知道我不說假話，彼此之間的相處變得很簡單，大家都真誠相見，友誼更經得起考驗。

****

我最大的優點是善良，或者說，我努力堅持一顆善良的心，不要被偏見、嫉妒、恐懼和傲慢污染。以前聽過一個笑話：「如果你在一個女孩身上找不到任何優點，至少稱讚她善良吧。」但我倒覺得善良是很珍貴的美德，也是我最在意的做人原則。

****

我最大的優點是認真，想做的事一定全力以赴。上班時認真工作，下班之後認真陪伴家人，連運動也很認真去執行。為了保持健康，我每週至少運動三次，平日跑步、游泳、做健身操，週末就全家出動一起騎自行車、露營、登山、參加路跑。趁著孩子還小，父母要多陪伴他們，以身作則做出良好示範，看到孩子們健康活潑，文武雙全，能動能靜，做事有頭有尾不會半途而廢，我感到非常欣慰。

****

我有很多優點，簡直罄竹難書，呵呵呵。譬如我很容易快樂，喜歡交朋友，愛講笑話，很願意鼓勵和支持別人，很感性，願意成長，樂於分享，心很軟，有同理心，很有主見很獨立。其中最大的優點就是樂觀吧。每次碰到很機車或很挫折的事情，我當然也會難過沮喪，但我相信老天爺一定會幫我的，只要這樣想，心就安了，又有了繼續努力的動力和希望。

最後，我要摘錄一段讓我愛不釋手的文字。這是一位罹患罕見疾病的少女「輪椅上的鑽石貓」寫的，她當年參加心靈寫作課程的時候才十二歲。

我最大的優點是不在乎別人的眼光。

因為不在乎別人的眼光，才讓我得以大剌剌的走出來，毫無畏懼的享受外面的世界。

因為不在乎，讓我走出家門，讓我去玩，讓我去外面學習，爭取無障礙，努力的讓大眾看見我的故事。因為我想讓大眾知道，就算我身有罕見疾病，雖然我坐輪椅，但我也是人，我也是存在這世上的一個小女孩，還有其他人像我一樣，身有罕見疾病，卻被人多勢眾的正常人給埋沒了。

每當其他孩子盯著我瞧時，我也反盯回去，因為我不在乎，因為我知道他不認識我，他不知道我的故事。如果他跑來問我媽我的故事，那最好，因為這樣他就會了解我的故事，就會看到我正向的那一面，而不是外表上嬌小的虛弱女孩。

我從來不在乎別人的眼光，或許是因為我一直都是天真的女孩，不會嫉妒別人的好，遇到挫折或失敗時也不會退縮，反而越想去試著把它完成。

或許因為我不在乎，所以在外面總是很快樂，總是可以玩得嘻嘻哈哈，只是回到家的下場就是攤在地上。

雖然體力不好，但外面的活動總是可以吸引我，讓我奮不顧身地前去參加，讓我忘記背架壓迫的疼痛。

我雖然不知道是什麼原因讓我不在乎別人的眼光，但這就是我的優點。

是不是充滿正向能量、自在坦率又純真可愛呢？果真文如其人。這個才華洋溢的勇敢女孩讓我印象非常深刻。

那麼，你最大的優點是什麼呢？

Note

我最大的優點是

我最大的缺點是……

讚揚過自己的優點，接下來換缺點登場啦。

世界上沒有人是完美的，不論你身上有多少優點、你是多麼欣賞自己，總難免還是有些弱點和罩門吧！我常做一個比喻：缺點就像惱人的小昆蟲，不時在我們的個性周遭飛來飛去，發出嚶嚶的吵雜聲，很煩人卻又揮之不去。你對自己的缺點也有這樣的感覺嗎？

以我自己為例，其實我還蠻多缺點的（嘆氣）。我有一次的書寫是這樣的：

> 我最大的缺點是懶惰，閒散，慢吞吞。我不喜歡急躁匆忙，看到擁擠喧嘩的場合能閃就閃，強調競爭的遊戲和比賽很快就放棄。我的抗壓性還不錯，但如果一直催逼追趕我就容易緊繃焦慮。所以我沒什麼雄心壯志，只希望隨性過日子，與世無爭。

課堂上一位朋友聽到我的分享後哈哈大笑，因為她的弱點剛好跟我相反：

> 我最大缺點是脾氣不好，只要有人慢吞吞、拖拖拉拉或猶豫不決，我就很不耐煩容易生氣。我不是故意的，也常常懊惱和後悔，但不知為什麼內心好像藏著一座活火山，火氣很輕易就冒上來。

她補充說，現在年紀漸長，很努力在修正脾氣，提醒自己要有耐心、要尊重每個人的節奏和步調。為了克服急躁的缺點，她想去參加正念靜坐課程，幫助自己慢下來，修心養性。

這位朋友的自覺和努力很值得讚賞。書寫自己的不完美，並不是要嚴厲批判或責難自己，而是如實看見自身的弱點，以柔軟的心接納自己性格上的坑坑窪窪，承認它，擁抱它，但盡量不被它牽著鼻子走。這可不是容易做到的修為啊！

當每個人輪流朗誦著自身的缺點，氣氛也變得越來越輕鬆。我笑說，乾脆來舉辦一場「缺點市集」，大夥兒把各式各樣的缺點都在自家攤位上坦蕩蕩陳設出來，不怕醜、不怕羞，天下哪有零缺點的聖人呢？這麼一想，就可以輕鬆打破完美主義的魔咒。

我們這就到幾個攤位上逛逛，看看大家都寫了些什麼？

我最大的缺點是粗線條，經常少一根筋。出國前夕才發現護照過期、汽車牌照因為忘記繳費被吊銷、講話很白目得罪人自己都不知道，老是被同事取笑。女友換髮型和買新衣服我不會注意，她心情不好我也沒察覺，每次都被罵到臭頭。我不認為這是很嚴重的缺點，卻帶給我蠻多困擾，真是頭痛。

****

我最大的缺點是臉皮薄，膽子小，玻璃心。我不容易交朋友，喜歡一個人獨處，看書聽音樂看電影玩電腦，活在自己的小世界比較自在。

****

我最大的缺點是缺乏自信。我內心有很深的空洞，經常自我懷疑，覺得自己不夠好、不夠聰明。我不喜歡當主管發號施令，因為很怕做了錯誤的決定，我承擔不起失敗的責任。每次有人讚美我，我就覺得心虛。我好像外星人，在地球上活得很疏離，不敢大聲說話大口呼吸，有一種無根無依的漂泊感。

****

我最大的缺點是悲觀，遇到事情總是先往壞處想，其實是害怕失望，因為期待越高，萬一落空就越難受，乾脆先打預防針，預想最壞的結果。其實這樣也沒什麼不好，但朋友們都說我非常無趣，笑我是冷水大隊長，內鍵悲觀程式無誤。

****

我的缺點很多，其中最糟糕的就是缺乏行動力。我想去游泳，結果夏天一轉眼就過去了；我迷上日劇，想利用下班時間去學日文，但每天都很累就算了；我想把陽台欄杆重新除鏽油漆，上網研究DIY工具之後就把這事忘得一乾二淨。我有很多不錯的想法和創意，卻很少付諸實行。唉！

在你的攤位上，你要跟大家分享哪些缺點呢？

Note

我最大的缺點是

如果我是一本小說，書名是……

喜歡寫作的朋友通常也喜歡閱讀，跟文字很親近。所以我在課堂上有時候會以書本為靈感來設計起始句：「如果我是一本小說，書名是……」

小說就是故事，述說著主角們的性格與追尋，以及他們所經歷的種種情節。在心靈寫作時，第一主角就是我們自己，藉由這個起始句，我想讓大家找出自己生命的核心主題，看見自己一路走來的成長軌跡。

為了幫助大家進入狀況，在書寫之前，我會請大家以五到十分鐘的時間，回看自己的成長歷程，列舉出影響自己人生最重要的幾個關鍵事件和轉捩點，並且在每一個關鍵事件中，簡單標示出你經歷了什麼？改變了什麼？學到了什麼？對你的影響是什麼？……相信直覺，不必想太多，只要列出重點就好，最重要的是站在回顧的高度，看著自己在每個不同階段的成長與轉變。

做完簡單的回顧之後，就順著當下的靈感，提筆為自己的生命故事命名。每一次，大家臨場寫出來的書名總是讓我驚喜，太有創意啦！

有些朋友會以自己的名字為靈感，例如名字中有玫字，書名就叫《我的玫瑰人生》，名字有個芳字，書名就是《綻放屬於自己的芬芳》，名字有個龍字，書名就是《龍的追尋》。

有些朋友以自己的工作和夢想為題，例如《香香公主》、《數字是我的城堡》、《愛美》、《心靈花園》、《孩子王》。有些朋友以心靈成長為題，例如《蛻變》、《擁抱自己》、《黑暗中的燭光》、《帶著愛一起旅行》、《破繭而出》、《孤僻者的獨白》。看看這三個例子的片段：

如果我是一本小說，書名就是《勇敢傻女孩》。以前奶奶在世的時候老是叮嚀我：「要學聰明點，不要傻乎乎被騙，社會上壞人很多。」在她心目中我一直是個單純天真的傻女孩。但我傻人有傻福，成長過程中遇到很多貴人，當我青春叛逆時，有好老師願意包容我；剛出社會當菜鳥時，有熱心前輩願意帶領我；在你爭我奪的職場上，我很幸運碰到一群熱血仗義的好朋友；現在擔任主管責任重大，幸好身邊圍繞著優秀的同仁和廠商。每次我心懷感激時，就會抬頭跟天上的奶奶說：「不必擔心。我很努力，也很勇敢喔！」

****

如果我是小說，書名是《想飛》。我經常做飛翔的夢，夢中的我有時候在高空翱翔，有時候貼著地面飛行，醒來都覺得蠻開心的。我渴望自由，無拘無束，想做什麼就做什麼，想去哪就去哪，所以我選擇單身，不想受到婚姻家庭和性別角色的束縛，最喜歡出國旅行，每次來到機場，心情就不由自主輕鬆飛揚起來。

****

我的小說書名是《打擊魔鬼》。我第一個遇到的魔鬼是自卑。小時候我身材矮小瘦巴巴又戴著近視眼鏡，數學體育美術音樂畫畫通通不行，別人是十項全能我卻是樣樣不能，只有作文成績不錯，後來我當上學藝股長創辦了班刊，才終於找到自信，打敗了自卑這個討厭鬼。

我後來又陸續收服了許多隻魔鬼：青春期多愁善感的歎氣鬼、大學時代暗戀同學時的退縮鬼、談戀愛時老是惹哭女友的粗心鬼、失戀時自憐自艾的愛哭鬼、愛買名牌的虛榮鬼、工作倦怠時的懶惰鬼……，關關難過關關過，勇敢挑戰心中的各種魔鬼，這就是我的精彩故事。

至於我自己呢？每次書寫都有不同的感覺，腦中蹦出來的書名都不一樣。其中有一個我很喜歡的書名是《從「小大人」到「老小孩」》。我小時候是個典型的小大人，靜靜看著爸爸、媽媽、阿公、阿嬤的辛酸勞苦，很自然變成一個不吵不鬧、順服聽話、善良體貼、自我壓抑的乖孩子，從不主動要求什麼，不敢添增任何麻煩，一心一意想要減輕爸媽肩上的重擔。現在已屆中年，開始逐步釋放童年的憂傷，把那些根深蒂固的壓抑、擔憂、恐懼、顧慮通通放下，重新學習像個孩子般想哭就哭，想笑就笑，單純自在，輕鬆任性，把幾十年前失落的童年彌補回來。

你想好了嗎？你想為自己的小說取什麼書名呢？

Note

如果我是一本小說，書名是

第三章

記憶之河

跟過去的自己相遇

生命宛若一條蜿蜒曲折的長河，從過去時光裡的諸多因緣際遇一路匯流而成今日的自己，然後繼續往未來奔去。

人們常說：「時間一去不復返。」然而，心靈的世界卻不是線性的，而是不停地翻騰往返。過去的種種記憶和光影，往往不期然就會在眼前的此刻栩栩如生浮現。

或許時間不可逆轉，生命也無法逆轉，但是在書寫的當下，我們卻可以跟過去的時光一次次重新相遇。

我們可以跟昔日的自己一起大笑、一起擁抱、一起吼叫、一起哭泣。

我們也可以拍拍過去那個還不夠成熟而顯得莽撞、軟弱、膽怯、害怕、無知、不斷犯錯的自己，帶著微笑跟他／她說一聲：「沒關係的，一切都會過去。你辛苦了。」

小時候我是一個……的孩子

以前我在雜誌社工作的時候，經常因為採訪而傾聽人們的生命故事。我發現，只要談到童年，不管幾歲的人都會流露出不一樣的神情，彷彿有一部分的自己又回到小時候，用孩子的眼睛張望身邊的世界。

每個人的內心都住著一個孩子。即使我們已經長大，離童年越來越遠，但是久遠以前那個小小的身影卻從未離去，一直活在我們心底。

小時候，你是一個什麼樣的孩子呢？每次在課堂上，當我把這個起始句寫在白板上，空氣中總會出現一剎那的寂靜。開始書寫後，空間裡蕩漾著一種奇妙的專注和溫柔。有人的嘴角泛起微笑，跌入童稚的世界裡；也有人的眼裡慢慢溢出淚水，甚至像晶瑩的珠串般一顆顆滴落下來。

在這短短的十分鐘書寫裡，每個人都重新遇見了小時候的自己。

碰到這種充滿情感能量的主題，為了鼓勵大家勇敢分享，我常會以自己的書寫率先開場。有一次我寫到我的右腳：

> 小時候我是一個很自卑又驕傲的孩子。我的右腳行動不便，沒辦法跟其他小朋友一起跑跑跳跳，只能站在旁邊看著，無法參與那些好玩的遊戲。但我是如此好強，總是以微笑掩藏心中的落寞，然後轉身一跛一跛離去，假裝對玩樂沒有興趣。我以驕傲的姿態壓抑了愛玩的渴望，漸漸變成一個很愛看書卻不會玩也不敢玩的小孩，沉浸在書本世界裡尋找想像中的歡笑和自由。

接著，很多朋友也陸續分享了：

小時候我是一個孤單的孩子，因為爸爸工作的關係，我們經常搬家，每隔一兩年我就要重新適應陌生的學校、陌生的老師和同學，好不容易記住大家的名字卻又要轉學了。每次看見同學們彼此熟悉而輕鬆地打打鬧鬧，我都很羨慕，我一直沒機會交到好朋友，像個找不到歸屬感而不斷漂泊的局外人。

****

小時候我是一個可憐的孩子。爸媽感情不好，常常吵架甚至大打出手，媽媽不爽就離家出走，最粘媽媽的我傷心大哭，結果就換我挨揍。爸爸還常常逼問我：「你要爸爸？還是媽媽？」笨笨的我每次都老實說出「要媽媽」，爸爸氣得把我和一只小行李箱丟在黑黑的小房間裡，叫我跟媽媽走，他再也不理我。爸爸還會故意說：「等你媽媽回來，我要揍死她。」小小的我聽到這樣的話，嚇得整夜都不敢睡，一直想要逃出去警告媽媽，叫她千萬不要回來。

現在我長大了，這些混亂的童年早已淡出記憶，今天寫著寫著，突然想起那個年幼脆弱而充滿恐懼的自己，突然感到一陣心酸和疼惜。

在課堂上，我不會強迫大家一定要在大團體裡分享文章，我通常把決定權留給每個人自己。但是針對這個起始句，我會請每個人把文章的第一個句子念出來，然後寫在白板上。於是，一個個在記憶裡塵封許久的小小孩紛紛在大家面前蹦跳出來。

「愛幻想的孩子」、「自尊心很強的孩子」、「體貼懂事的孩子」、「頑皮好動、很愛講話的孩子」、「粗心大意、少根筋的孩子」、「害羞的孩子」、「不善表達的孩子」、「缺乏信心的孩子」、「膽小退縮的孩子」、「不愛唸書的孩子」、「愛面子、愛逞強的孩子」、「很會打架的孩子」、「體弱多病、經常住在醫院裡的孩子」、「叛逆易怒的孩子」、「體育很棒的孩子」、「愛哭的孩子」、「多愁善感的孩子」、「害怕被遺棄的孩子」、「常常被欺負的孩子」、「彆扭的孩子」、「孤僻的孩子」、「活潑開朗的孩子」、「天真有點白目的孩子」、「愛撒嬌的孩子」、「人人稱讚的孩子」、「不想長大的孩子」……

看著寫滿的白板上這些來自童年記憶裡的孩子們，我總是深吸一口氣，被深深感動。這些孩子們都很努力地長大了，變成今天坐在課堂裡的大人們。透過這次寫作，我們可以抱抱心裡那個孩子，給他一個鼓勵的微笑！

此時此刻，你是否也想起了自己小時候的模樣？你曾經是一個什麼樣的孩子呢？

Note

小時候我是一個……的孩子

小時候，
我很熟悉的一種味道……

在法國知名小說《追憶似水年華》裡，作家普魯斯特被一塊小小的瑪德琳蛋糕所觸動，開始追憶起童年的時光。

我們的許多記憶並不是儲存在大腦，而是深深埋藏在身體細胞裡，所以是很感官的、很身體性的。童年的許多事物看似早已遺忘，但其實它們並未消失，只是靜靜躺在某個不知名的角落，直到我們不期然聽到一個聲音、一首歌、聞到一種氣味、吃到一種口感，瞬間讓我們跌進記憶之河，久遠以前的畫面和情感突然甦醒，從心底湧現。

今天，我們就來寫一寫童年時代熟悉的味道吧。

我唸小學的時候經常到菜市場裡幫忙媽媽賣菜，但是長大之後我完全忘記了這一段童年經歷。直到有一次自由書寫的時候，才突然想起：

> 小時候我很熟悉的一種味道是菜市場裡混雜著菜葉、雞鴨魚肉、各種小吃和人潮熙攘往來的熱鬧氣味。那時候媽媽每天清晨天還沒亮就騎著粗壯的鐵馬出門，到火車站附近的批發市場買菜，把後座的大竹簍塞得滿滿，載回住家附近的菜場販賣。每個週末我都到菜攤幫忙，招呼客人、秤重、加總、算錢、找錢，心算速度越來越快，很受到媽媽和客人們的誇讚。
>
> 直到今日我還是很喜歡逛傳統菜市場，即使到國外旅

行，每次看到當地的菜市場也一定會跑去逛逛，聞到新鮮蔬果的香味、看到人們熱絡互動的畫面、聽見此起彼落的叫賣和閒話家常，就覺得很親切。原來這是來自童年的記憶。

科學家已經證明，嗅覺和味覺的記憶可以喚醒童年的情感，與昔日的時光重新連結。而這些內在的記憶和情感又與外在的環境時空息息相關，海邊長大的孩子永遠記得大海的氣息，鄉下長大的孩子永遠記得稻田和果樹的香氣。即使童年時代的景物已經物換星移，但只要閉上眼睛，消逝的世界又再次在心裡重現。

小時候最熟悉的是海風的味道，鹹鹹的、黏黏的，帶著淡淡的魚腥味，還有漁船的噗噗聲和柴油味。說來好笑，我雖然在海邊長大，小時候卻不會游泳，因為爸媽一直告誡我們不准去海裡玩，太危險。其實小孩子只要在岸邊堤防上玩耍追逐，在海風聲中大笑大叫，看著遼闊大海就覺得很開心。好天氣的夜晚全家常常坐在海邊烤魚聊天泡茶磕瓜子，我和弟弟躺在沙灘上仰望星空，有時候不知不覺睡著了，夢裡都是海風的味道。好懷念那樣的童年時光。

****

小時候住在眷村，最熟悉的味道是傍晚時分家家戶戶傳出的飯菜香，空氣中飄散出蔥蒜辣椒醬油爆香熱炒的濃郁油煙味，李伯伯家在滷肉、陳媽媽在煎魚、張奶奶家有糖醋和酒釀、胡爺爺家有醃製醬菜……。這些香味伴隨著向晚的天光，搭配著大人們此起彼落的叫喚聲，還有小毛頭們各自分頭跑回家的身影，是我永恆的鄉愁。

****

小時候印象最深的是奶奶房間裡的樟腦丸味道。我排行老大，弟弟妹妹陸續出生後，爸媽房裡睡不下，就叫我搬去跟奶奶睡。奶奶房裡有一個很大的木頭衣櫃，家裡的棉被、冬衣都放在裡面，經年飄散出濃濃的樟腦味。我常摀著鼻子說好臭，被媽媽聽見就會被痛罵，奶奶卻笑咪咪說，沒關係，慢慢就習慣了……，奶奶過世後，我們也搬離了老家。現在我只要聞到樟腦丸味道就會想起奶奶慈祥的笑容，昔日刺鼻的氣味也變得跟童年一樣溫暖。

****

小時候的廚房有一口大灶，我是小伙夫，每天都要坐在灶口的小板凳上負責添加材火，木材燒得熾烈旺盛劈拉作響的熱氣混雜著廚房裡煎煮炒炸的香氣，是我最熟悉的味道。大灶的兩個爐口一個炒菜，一個煮飯，大火煮出來的米飯底部有焦香的鍋巴，是小孩子搶著吃的零食，米飯熟了以後就換成燒開水，幽暗的廚房瀰漫著水蒸汽的溼潤與迷茫。到了年節，這口大灶更是身負重任，蒸煮出各種美食：草仔粿、紅龜粿、粽子、年糕、蘿蔔糕、燉補湯、三牲五禮……，真是一個讓人垂涎的魔幻空間。這樣的大灶現在幾乎都消失了，真讓人懷念。

關於味道的記憶不一定都是美好的，也有朋友寫到童年經常聞到很臭的豬糞味、讓人頭昏作嘔的化學工廠臭氣、灑過農藥之後空氣中漂浮的毒素氣味……，這些不舒服的記憶讓人更珍惜清新空氣的珍貴。

你記憶中的童年氣味是什麼呢？

Note

小時候，我很熟悉的一種味道

小時候，爸爸（媽媽）經常跟我說……

小時候的我們，單純、敏感而脆弱，全心全意依戀著父母，把父母當做全世界。我們仰望父母所做的每一件事，相信父母所說的每一句話，努力想要達成他們的期望，藉此表達我們對父母的愛，也藉此來證明自己值得被愛。

然後我們長大了，逐漸以不同的視角來理解父母。當我們想起小時候父母常說的話、那些一再重複的嘮叨與叮嚀，對今日的自己有什麼影響和意義？這是一個很值得書寫和探索的主題。

我記得小時候，媽媽經常感嘆地說：「女孩子一定要唸書，學歷越高越好。」媽媽童年時沒機會讀書，她其實很能幹、有志氣，做事比爸爸更踏實俐落，卻因為不識字而讓生命受到很大限制，這是她心頭難以抹滅的遺憾。我從小功課好，就成了她津津樂道的欣慰和驕傲。

所以我每次碰到不愛唸書的孩子總會鼓勵他們：「成績不好沒關係，但一定要學會閱讀和書寫。閱讀可以擴充視野，知道生命有各種可能性，書寫可以表達自己，讓生命不寂寞，並且訓練思考。只要能讀能寫，就擁有自主學習和不斷成長的機會，什麼都不用怕。」這是媽媽透過她的人生送給我的一項珍貴體悟。

有一個朋友是美食家，她說這要歸功於家傳的習性：

小時候，爸媽最常說的一句話是：「吃東西不要省，想吃什麼就盡量吃。別怕，吃不窮的。」我們家境只是小康，日常用度都很節省，唯獨吃飯從不吝嗇，把全家人的嘴都養刁了。長大後我才懂得，爸媽走過戰亂流離的時代，再珍貴的財物和情感都留不住，到最後，只要全家人坐在一起好好吃飯，就是他們那一代人所能追求的最大的幸福。我現在很珍惜跟爸媽一起上館子，或擠在廚房裡做菜的時光，並且以身為老饕的女兒為傲。

父母在孩子心裡留下的並不全然是正向的話語，也有不少朋友想起不快樂的記憶。一位朋友寫到：

小時候媽媽經常碎念我：「女孩子要坐有坐相，站有站相，意見不要那麼多，閉上嘴巴，多做家事，不然會嫁不出去。」這些嘮叨讓我很反感，甚至跟媽媽頂嘴：「女孩子活著只為了嫁出去？那我一輩子不結婚，可以吧！」結果我找到一個很愛做家事的老公，讓媽媽跌破眼鏡。

不快樂的父母很容易把自身的焦慮和痛苦擴散到子女身上，為孩子的童年帶來負擔和陰影。有兩位朋友寫到父母婚姻對自己的影響：

小時候，爸媽每次吵架就會說：「我們要離婚，你要跟誰？」弟弟妹妹都很害怕，立刻大哭說要跟媽媽，讓我左右為難，我也想選媽媽，但這樣爸爸太可憐了，我好像應該投爸爸一票，又怕媽媽會生氣。我一直帶著焦慮和擔憂長大，結果幾十年下來他們也沒離婚啊。現在想想，兩個大人以嚇唬小孩來爭寵，真是太離譜了。

****

小時候媽媽經常跟我說：「你是單親家庭的孩子，一定要比別人更努力，不要被人看不起。」這些話在我心裡造成很大的包袱，不斷提醒我跟別人不一樣，讓我很自卑。幸好我的身邊有一群好朋友，他們從未歧視我，我才發現那是媽媽自己的投射。她認定自己是婚姻失敗者，怕別人看不起她，就把這份恐懼灌輸給我。想通這一點之後，我很心疼媽媽，也心疼小時候的自己。

童年時代被父母形塑的習慣和價值觀念，往往變成我們性格的一部分，還真不容易改變。一位朋友寫到，小時候爸爸經常警告他：「男孩子不准哭！」只要他流露出膽小軟弱的樣子，就會挨罵，被嚴格糾正。現在他果真變成一枚硬漢，碰到天大的事都流不出眼淚，但跟爸爸之間也一直有種疏遠的距離，無法親近。

對此我的回應是：「一個不准孩子哭泣的父親或母親，通常也不會容許自己哭泣。如果你願意，可以試著以『我爸爸從不哭泣』作為起始句，開始書寫你爸爸的人生。當你以成年人的角度來觀看爸爸，或許對於父子之間的僵局會有新的體悟，找到一把柔軟的鑰匙來解開自己身上的束縛。」

既然他主動寫到這個話題，表示他的內心已經準備好，並擁有足夠的能量可以破除童年帶來的情緒封印，一步步重新跟情感世界產生連結。

在你小時候，爸爸媽媽經常對你說哪些話呢？這些話語在你心裡又產生什麼樣的迴盪呢？

Note

小時候，爸爸（媽媽）經常跟我說

小時候，我最大的盼望是……

有一次，我帶小姪女到美術館玩，經過一個小小的許願池，小姪女很認真地默默許願，轉身慎重把銅板丟入水池中。我好奇問：「妳許了什麼願望？」才念小學一年的她居然微微一笑，不肯告訴我。

原來小小年紀的孩子心裡也有屬於他們的祕密盼望。真是好樣的！

你還記得，小時候曾經有過什麼樣的盼望嗎？這個起始句就像一扇小小的窗口，可以望見每個人心底的童年。幸福的孩子擁有甜美的盼望，而辛苦孩子心中的盼望則往往帶著早熟的體貼、失落的憤怒、無助的哀傷和委屈的酸楚。這些童年心事就像一張褪色的老照片，穿越時光的塵埃，讓昔日的情感再次湧上心頭。

貧窮家庭的孩子最大盼望是家裡變有錢。一位朋友寫到，小時候住在貧寒簡陋的土角厝，每次看到同學的家，都覺得很羨慕又自卑；而老師來做家庭訪問時，臉上訝異的表情，更讓他無地自容。他的功課很好，老師顯然沒想到他的家庭如此破落。他好希望可以搬到漂亮的房子，以洗刷這種被同情的恥辱。

除此之外，他的心裡還藏著一個鋼琴夢：

小時候我最大的盼望是擁有一架鋼琴，但這當然是不可能的事。爸媽每天辛苦工作，光是為了讓全家三代九口可以溫飽，就已經忙得焦頭爛額，音樂和藝術根本是夢幻級的奢侈品。我很羨慕同學家有漂亮高雅的鋼琴，但從不敢開口跟任何人說，於是我退而求其次，吞吞吐吐跟爸爸說想要有一把吉他。爸爸猶豫許久，還是沒辦法買給我。

我上大學之後努力打工存錢，終於買了一把很便宜的吉他，開始自學簡易和弦，每天自彈自唱自得其樂，把左手手指按壓出一層厚厚的硬繭才心滿意足。其實我心裡明白，我真正盼望的根本不是鋼琴或吉他或任何樂器，我只是想要圓一個夢，一個遠離貧窮陰影而活得自在優雅的美麗之夢。

破碎家庭的孩子最大盼望是家人可以重新團聚，不再分崩離析。一位朋友寫到小時候爸媽感情不好，媽媽離家出走，爸爸忙著工作，就把他和弟弟寄放到叔叔家。小小年紀就寄人籬下，承擔著超越年齡的壓抑和失落：

小時候，我最大的盼望是媽媽趕快回來。雖然叔叔和嬸嬸對我們並沒有不好，但畢竟不是自己的家，我和弟弟都非常乖巧，不敢大聲吵鬧，不敢自己開電視看，肚子餓了也不好意思開口，一直忍耐到嬸嬸叫吃飯才敢上桌。衣服髒了、棉被不夠暖、房間太黑、制服要換季、上課要帶新文具、學校要開家長會和運動會……，好多事情都不敢跟叔叔嬸嬸說，怕添增他們的麻煩。那時候每天放學，我常牽著弟弟的手站在學校門口癡癡等待，或者偷偷站在叔叔家的巷口張望，好希望爸爸媽媽可以出現，趕快帶我們回家。

不快樂的孩子最大盼望是溫暖，而孤單孩子的最大盼望是愛。有些朋友寫到童年時對父母的失望，這份失落感一直延續到成年，變成很重要的成長功課。

> 小時候最大的盼望是：爸爸媽媽可以常常抱抱我，溫柔的鼓勵我、肯定我、讚美我、對我微笑說我好棒喔。可是他們工作很忙很累，所以脾氣不好，常常講話很大聲又愛生氣，讓我每天小心翼翼戰戰兢兢，很怕被罵被打。我是一個很需要愛的小孩，好希望有人愛我。現在雖然長大了，可是心裡面還是很遺憾，不斷迴盪著「誰會愛我？趕快來愛我！」的聲音，這是很寂寞的一種心情。
>
> ***********************************
>
> 小時候我最大的盼望是，有一天能出現一位仙女或神仙帶我離開這個家庭，或者請祂們用神奇的魔法棒輕輕一揮，把我家變成我期待中的那樣：有一位認真工作疼愛孩子的父親、一位溫柔美麗輕聲細語的母親，兄友弟恭一家和樂，想要的玩具和食物應有盡有，不必你爭我奪大打出手。然而這些盼望都沒有實現。我這一輩子都在期待魔法，長大後才知道魔法其實藏在自己心裡。我所盼望的溫暖家庭必須靠我自己的力量去創造和實現。

你還記得小時候的盼望嗎？透過書寫，我們靜靜坐下來，再度跟童年時光相遇。不要忘了，溫柔擁抱一下昔日那個小小的自己。

Note

小時候，我最大的盼望是

我心裡有一個難忘的畫面……

你看過義大利電影《新天堂樂園》嗎？我們的心靈就像一座電影院，存放著無數回憶的膠卷，有時候不經意間觸動了放映機，往日的畫面就會在腦海裡重新播放。

跟爸爸一起在草原上放風箏、坐在廚房裡看奶奶包粽子、媽媽坐在梳妝鏡前的微笑、爺爺騎著腳踏車的瀟灑背影、跟弟弟在床上打枕頭仗的吵雜、在教室裡跟同學偷傳紙條的調皮鬼臉、初戀情人的可愛笑容、失戀痛哭的夜晚、第一次開車上路的驚險、拍全家福照片時的搞笑……。每一個畫面都是生活的一個難忘片刻，在時間流逝的餘溫中浮現，總帶給我們笑淚交織的懷念和感傷。

有些畫面帶著安靜的光暈，讓人感到安心和溫暖：

小時候住在木造的日式老房子，窗邊放著一部老式的腳踏縫紉機，那是媽媽的嫁妝。為了貼補家用，媽媽經常坐在窗邊幫人修改衣服和窗簾，她專注地整理布料、仔細對齊縫線，不時響起腳踏板的嘎嘎聲和車針起落的噠噠聲，而我就坐在榻榻米上看書畫圖玩玩具。這樣安靜而親近，是我童年最難忘的畫面。

有些畫面流著無奈的眼淚，小小年紀就嚐到分離滋味：

小時候我一直住在外婆家，備受外公外婆的寵愛，我像個小王子一樣幸福。六歲的時候，很久不見的爸爸媽媽突然出現，要接我回去唸小學。我死命抱著外婆不放，嚎啕大哭，但外婆外公只是默默掉眼淚，任憑我被媽媽抱進車裡，我眼前一片模糊看著他們的身影越來越遠，我無憂的童年也結束了。

有些畫面充滿著自責與愧疚，到今天都還感覺到疼痛：

我心裡一個難忘畫面是國中時爸爸帶我去河邊釣魚，我很無聊睡著了。回家後我才發現近視眼鏡掉了。那時候家裡很窮，不能隨便再去配一副眼鏡，於是爸爸又騎機車帶我回到河邊，那時天色已經昏黑，我看著爸爸彎腰仔細在草叢中尋找，內心很內疚。眼鏡找到後，爸爸沒說什麼話，父子兩人乘著夜色回家。我坐在機車後座，看著平日勞苦的爸爸背影，眼淚偷偷掉下來。

有些畫面是關於颱風的回憶，以及濕漉漉的狂風暴雨：

我心裡有一個難忘的畫面，小時候的一次強烈颱風，屋外的狂風暴雨宛若鬼哭神嚎，老屋簡陋的窗格和門板劇烈搖晃嘩啦作響，好像隨時要被吹破一樣，屋頂到處都在漏雨，地上擺滿水桶和臉盆，滴滴咚咚聲響不停。院子裡的雞鴨關進屋裡，被媽媽用竹欄圈在角落，濕漉空氣中飄散著家禽糞便的臭味。停電了，微弱搖曳的燭光映照著爸媽眉頭深鎖的臉龐，我知道他們在擔心稻田和菜園，明天必定是滿目瘡痍欲哭無淚。這個畫面是童年貧窮的縮影，我永遠無法忘記。

有些畫面蕩漾著青春的情愫，酸酸甜甜的不安與躊躇：

大學時候，我深深愛戀著一個女孩卻不敢告白。除夕那天，我跟家人吃完年夜飯就魂不守舍，滿心都是她的倩影，內心掙扎許久，終於鼓起勇氣要打電話跟她拜年。偏偏家裡電話故障了，當時並沒有手機這種東西，我穿上厚外套抓著一大把硬幣，走到騎樓的公共電話旁，深深吸了好幾口氣，有點顫抖地撥出號碼。電話那端傳來她開朗的聲音，我倚著冰涼的牆角跟她閒話家常，街道上有零星路過的車輛，旁邊公園裡有小孩子在燃放炮竹笑鬧追逐，冬夜的寒風吹在身上，我的心頭卻洋溢著熾熱飽滿的幸福情感。那個冬夜的畫面我永遠無法忘懷。

有些畫面是幸福的一刻，在心裡凝聚成永恆：

我最難忘的畫面是我結婚那天，在婚禮進行曲的音樂聲中，爸爸挽著我的手，一步一步走在紅毯上，他穿著西裝很帥氣筆直地站在紅毯的另一端，臉上帶著緊張和笑意。我看著這個可愛的新郎，就是我要跟他共度一生的男人，心裡好感動，幸福的淚水一陣陣湧上來。

當我們在書寫中回看記憶中那些難忘的畫面，就好像重溫一部熟悉的老電影，有笑聲有淚水，有瞋恨有愛憐，有溫暖幽默和感動，也有悲傷懊悔與惆悵。這就是人生啊，如此豐富。

此時此刻，你心裡想起了哪個畫面呢？

Note

我心裡有一個難忘的畫面

我很難忘的一次晚餐……

每日三餐裡，晚餐通常是最放鬆的時光。太陽下山了，大人下班小孩放學，卸下一整天的忙碌和壓力，終於可以悠閒享受晚餐時光，跟家人朋友一起吃喝說笑，釋放白日裡的辛勞和煩憂。

吃晚餐是一個很日常的主題，但心靈寫作就是從這些平凡之處入手。細細品察每天的生活，會發現每一天的晚餐其實都不太一樣。一個人的晚餐、跟情人共進的晚餐、陪爸爸或媽媽的晚餐、跟孩子一起的晚餐、跟朋友聚會的晚餐、參加宴會的晚餐、談生意的晚餐、爭吵的晚餐、和解的晚餐、旅行中的晚餐……，只要打開記憶的寶庫，許多晚餐的回憶都很值得書寫。

晚餐的記憶往往是跟團圓、歡聚、慶祝有關，有時候也可能是告別、決裂或分離。你印象中很難忘的一頓晚餐是什麼樣子呢？

我想到的是一個快樂的回憶，參加伊斯蘭教的開齋節盛典。

二十多年前，我在美國紐約唸書，同住的室友是埃及裔美國人，她爸爸來自埃及，媽媽是黎巴嫩人。她並不是伊斯蘭教友，但是齋戒月來臨時，她基於尊重傳統文化的鄉愁而自願實踐齋戒，藉此感受伊斯蘭信仰的價值與精神。我完全明白她的心意，就像我對於台灣民間宗教的情感一樣，我也會跟著媽媽到寺廟拜拜，很喜歡廟會和陣頭，逢年過節會準備豐盛的食物祭拜祖先，燒紙錢送給阿公阿嬤和爸爸，我很喜歡這些美好的本土文化，有機會也願意參與其中。

為了配合她在齋戒月的飲食作息，那陣子我在廚房做菜一律水煮，力求清淡盡量減少香味，以免太刺激她。這樣挺好的，我也吃得健康。

齋戒月結束之後，她邀請我到她父母家作客。伊斯蘭家庭的開齋節晚餐真是太豐盛太好吃了，全家親友熱鬧團聚，屋子裡飄散著濃郁的中東香料氣息，大家吃喝談笑快樂慶賀，就像我們的過年一樣。能夠參與異國文化的節慶真是很棒的回憶。

一位朋友想起的卻是最後的晚餐，為一個完整的家庭劃下句點。

小學畢業那年夏天，全家一起吃了最後一頓晚餐。當時我並不知道發生了什麼事，只覺得氣氛有點怪異，爸爸媽媽不太說話，一直叫我吃東西，爸爸還溫柔地摸摸我的頭，讓我很納悶。隔天，爸爸媽媽就離婚了。從此以後，這個全家團聚一起吃飯的畫面就再也沒有出現過，只留在日漸模糊的記憶裡。

一位早熟的朋友從小就學會料理家務，照顧虛弱的母親。她想起一件驚心的往事：

我很難忘的一頓晚餐是國中時，那陣子媽媽身體不好，我每天放學就趕緊回家，放下書包幫忙洗米煮菜。那一天，我煮好晚餐端上桌後，媽媽突然昏倒，我哭著打電話叫救護車並通知爸爸，心裡很害怕。媽媽送進急診室不久就轉入加護病房，醫生還發出病危通知，我跟爸爸整夜守在醫院不敢離開。幸好隔天脫離險境，我回到家，看到桌上還放著昨夜來不及吃的飯菜，不禁哭了起來。非常感謝老天爺，媽媽又平安度過一關了。

一位朋友想起了第一次為爸爸籌劃的祕密慶生會：

我出社會第一次領薪水的時候，很高興宣布要請全家人吃飯慶祝。後來媽媽偷偷告訴我，可以順便幫爸爸慶生。我突然很內疚，因為爸爸媽媽從不過生日，家裡只過父親節和母親節，所以我居然從不知道他們生日是何時。爸爸是家裡唯一男丁，平時人單勢孤，想想也挺可憐，我跟媽媽和妹妹決定給他一個驚喜。

那天晚餐的主菜吃完之後，餐廳裡響起生日快樂的音樂，兩位服務生捧著蛋糕走到我們桌邊，為爸爸唱歌祝賀，我們也跟著拍手合唱，然後拿出預先藏起的生日禮物，爸爸又驚訝又感動，差點流下男兒淚，我們的眼眶也溼潤了。我很高興我終於長大了，有能力可以回饋爸媽對我們的愛。

你最難忘的一頓晚餐是什麼時候？在哪裡？跟誰一起？多年之後，還有什麼情感或情緒仍在你的心底迴盪不已呢？

Note

我很難忘的一次晚餐

我很難忘的一次過年……

對華人社會來說，農曆春節是一年裡最重要的節日，全家人齊聚一堂，滿桌美食佳餚、酒酣耳熱開懷暢飲，小孩子開心領紅包、穿新衣、放鞭炮，大人們玩牌、打麻將、串門子，每個人笑容滿面，逢人就說「恭喜發財」，這些拱手作揖喜氣洋洋的畫面，感覺真像人間天堂。

不過對有些人來說，過年時只想要逃之夭夭。特別是傳統的大家族，齊聚一堂可不一定其樂融融，也有可能是暗潮洶湧，危機四伏。

這一個跟「家」和「團圓」有關的特別日子，絕對是值得書寫的主題。每一次在課堂上寫到這個起始句，總是勾出許多難忘的回憶。

我自己最難忘的一次過年是大四那年除夕，祖母病重，沒有辦法吃年夜飯，我扶著她勉強起身，喝一口熱湯，她就虛弱躺回床上。隔天清晨她就過世了。大年初一天剛亮，我們家開始辦喪事，別人家在快樂恭喜放鞭炮，我們家卻一直在燒紙錢跪地念佛經，心情無比慘淡。多年之後，我寫了一篇〈油麻菜籽命〉的文章回顧祖母的一生，再次想起那個在誦經聲中度過的年節。

一位朋友想到童年時每次要買新衣，就升起身為妹妹的委屈：

小時候過年我總是又期待又怕被傷害。爸媽很忙，每年總要等到除夕吃完年夜飯後，才帶我們去逛夜市買新衣，那時賣家快收攤了，殺價空間也比較大。一路上我總是帶著夢幻眼神，貪婪看著那些吊掛在架子上琳琅滿目的漂亮衣服，但結果總是姊姊買了新衣，而我只買了新襪子和新內褲，因為我要撿姊姊穿不下的舊衣服。印象中，每年除夕夜我都要大哭一場。

直到國小畢業那年，爸媽終於幫我買了一套新衣服，我好高興啊，好想抱著屬於自己的新衣服睡覺，爸媽不准，說會弄皺，於是我早早上床，隔天起床的第一件事就是趕快換上新衣，一整天我都非常驕傲又開心。這麼單純的快樂，現在早已遠去了。

一位朋友對於過年有尷尬的心情，因為必然要尖銳碰觸到家庭的痛楚：

從我有記憶以來，每年除夕團圓飯爸爸總是不在，過了午夜爸爸才會出現。我漸懂世事之後才知道，爸爸有兩個家庭，過年必須先在大老婆那邊吃年夜飯，等孩子們睡了才抽身過來我們家，吃宵夜場。我很怕別人知道我們家的情況，每次同學們講到家裡的事，我總是故意迴避話題。每次想到過年，內心總是充滿複雜的情緒。

許多女性朋友都寫到剛結婚時的過年情景。以前社會很保守，女人結婚後就必須融入婆家，努力扮演一個好媳婦的角色，這往往是一次巨大的文化衝擊。有一位朋友的書寫讓大家哈哈大笑，但又有點感傷：

結婚後第一次在婆家過年，讓我永生難忘。先生家在鄉下，過年是件大事，好幾天前就充滿年節氣氛，能幹的婆婆一直忙裡忙外，洗曬床單、清掃屋內、準備年菜，要做蘿蔔糕、年糕、發糕、湯圓，還要準備各式牲禮金紙鞭炮香燭，拜天公拜祖先拜灶神拜地基主。身為新嫁娘，我不敢有絲毫偷懶，聽著公公婆婆的指令忙得團團轉，一刻不得閒。

最可怕的是，婆婆居然問我「會不會殺雞」，我嚇得說不出話拼命搖頭。還好她不勉強我，自己動手很俐落把兩隻雞殺了，放入一個鋁製大臉盆中，叫我澆淋熱水把雞毛拔乾淨。我很害怕卻不敢說，含著眼淚完成這項可怕的工作。

吃年夜飯時，小叔一家和大伯一家都來了，屋子裡熱鬧非凡，但我都不太熟悉，只能保持微笑忙來忙去，心裡覺得好寂寞，好想念爸爸媽媽。女人出嫁就是潑出去的水，這種觀念下的女人好可憐啊……

碰到過年，結婚的人很麻煩，單身者也很苦惱。一位單身熟女寫到：

年紀越大越討厭過年，平時是自在瀟灑的單身貴族，過年時就變成人人追打的單身跪族，好像不結婚是天大罪過，每個親戚都要熱心追問「什麼時候結婚啊？」「有沒對象啊？」「要不要幫你介紹？」「眼光不要太高，小心變成高齡產婦」……，每年同樣的話題，大家真的不煩嗎？

為了逃避可怕的親友團，兩年前我決定利用春節出國，雖然機票貴但很值得，在泰國小島悠哉散步，用視訊電話跟家人互道恭喜發財，拉開距離反而感受到彼此的祝福和愛，真的挺不錯。

隨著年歲增長，關於過年的記憶也一直累積。在你心裡，有哪些難忘的過年回憶呢？

Note

我很難忘的一次過年

我很難忘的一次旅行……

你喜歡旅行嗎？

想到旅行，通常就想到一連串的關鍵字：假期、放鬆、玩樂、新奇、擴展視野、流浪、放逐、遠離、療傷、冒險、自我挑戰……。從舒適奢華的熱帶度假小島，到艱困難行的蒼莽神祕之地，旅行具有多重的意義，也包含各種未知的可能。當我們離開日常的軌道，踏上旅行的征途，在觀看世界的過程中往往也看到了各種不同面向的自己。

記得很多年以前，我想要送給媽媽一個禮物，特地規劃了兩天一夜的溪頭行，邀請弟弟妹妹們帶著孩子三代同堂浩浩蕩蕩一起出遊，陪媽媽到大自然裡放鬆身心，以慰勞她平日的辛苦。

結果卻事與願違。媽媽是個勞碌命，她前一天就忙著採買，熬夜燉煮一大鍋滷味，當天又摸黑早起，切好了兩大盒水果，豪邁提著大包小包上車。沿路她一點也不關心車窗外的美麗風景，只忙著遞食物給每個人，不斷要照顧和服務大家吃東西。

我心中火冒三丈，覺得她完全扭曲了我的一片心意，把自己搞得比平時更累，老是把別人看得比自己更重要。我氣得不想看她，決定再也不跟她一起出遊。

隔一段時間後我才漸漸釋懷。照顧家人是她最大的快樂來源，我又何必強求她改變呢？她擁有跟我不一樣的人生，只要她開心就好，我怎能把自己的價值觀投射到她身上？有了這層反省，我不再批判她，學著以正面和接納的角度來欣賞她的熱情與忙碌，我們的母女關係也有了微妙的轉變。

後來，關於旅行我又陸續做了很多次書寫。我摘錄三則片段跟大家分享：

辦完爸爸的喪禮之後，全家人陪媽媽去一趟溫泉之旅，想要轉換一下心情，把這陣子累積的哀傷和疲憊釋放。飯店的露天庭園裡有各式各樣的池子，有花香池、鹽水池、水療池，當我們泡在霧氣蒸騰的池水中陪媽媽聊天時，剛學會說話的姪子伸出小小手臂笑咪咪指著前方說：「爺爺，爺爺……」我的眼淚幾乎落下來。民間習俗認為孩童的眼睛可以看見成年人看不到的事物，爸爸是愛玩愛享樂的人，他一定跟著我們來了，也許正在不遠處含笑看著我們，依依不捨跟我們道別。

****

二十九歲那年，為了割捨一段痛苦的情感，我遠離了心愛的人，帶著失落和心碎的痛楚獨自到歐洲流浪，想要療癒愛情的傷痕。我向來不懂藝術，但是當我走進巴黎的羅丹美術館，靜靜看著那些充滿強烈生命張力的人體雕塑，我的眼淚忍不住滾滾滴落。我在這些雕塑身上，看見生命說不出口的各種掙扎、愛戀、執迷和痛楚。這份感動讓我突然明白藝術的真諦，以及創作的意義。

****

1990年夏天我在歐洲，滿懷期待預訂了從巴黎飛往特拉維夫的機票，要到以色列的社會主義社區Kibbutz去體驗兩個月。然後我就悠哉到英國四處旅行。沒想到幾天後，伊拉克突然攻佔科威特，中東情勢一夕之間變得劍拔弩張。

這下子怎麼辦呢？我記得我站在倫敦的大英博物館裡，望著古希臘神殿的巨大石柱，和被久遠時間封存的埃及木乃伊，不斷反覆問自己：「真的要去嗎？還是放棄算了？」

當時不知道哪來的執念，我決定如期前往，親身體驗了巴黎機場風聲鶴唳的嚴密通關檢查，也看見了以色列街頭士兵荷槍實彈、戰車紛紛出動的場面。然後我一路北行，來到靠近黎巴嫩邊界的丘陵社區，在烽火日漸逼近的緊張氛圍中，努力進行著異文化田野的自我訓練，並且很幸運地有機會到耶路撒冷一遊。

十月底，我終於圓滿達成心願，離開以色列。兩個多月後，第一次波斯灣戰爭正式爆發。現在回頭想想，當時的我，算是勇敢嗎？我不知道。但我很高興當時的我並未退縮，因而擁有了一生難逢的際遇與體驗。

你有哪些難忘的旅行回憶？當時你為何出發？去了哪裡？看到了什麼？有哪些收獲和感觸呢？

Note

我很難忘的一次旅行

我做過很勇敢的一件事……

我向來不是一個大膽的人，甚至可以說有點退縮和懦弱。我有很多包袱，怕丟臉、怕被批評、怕做錯決定或做錯事、怕自己受傷也怕傷害別人。所以我很欣賞別人身上的勇氣，也常期許自己變得更勇敢，能夠坦率忠於自己。

但什麼才是勇敢呢？

我現在已經知道，勇敢並不是像個鋼鐵人一樣刀槍不入無堅不摧、所向無敵毫無畏懼。如果心裡沒有害怕和退縮，也就不需要勇氣來鼓舞自己了。

所謂勇敢，是明知前方存在著未知、困難和危險，心裡忐忑不安，手腳發抖，隨時都有想要放棄並轉身逃走的衝動，但是深深吸一口氣之後，還是硬著頭皮向前踏出一步，挺起胸膛克服恐懼和憂慮，努力想辦法解決問題面對挑戰。這個帶著害怕卻仍然向前踏出腳步的行動，就叫做勇氣。

我很喜歡請大家書寫這個起始句，想起那些充滿勇氣的時刻，對自己有很棒的鼓舞作用，下一次在面對艱難的時候就可以拍拍胸脯告訴自己：「你可以的！別怕，勇敢試試看！」

我做過很勇敢的一件事是國中時，代表班上參加400公尺賽跑。我那時很矮，瘦瘦小小一隻又跑不快，但班上跑最快的前幾名都不想跑，大家推來推去，於是我自告奮勇舉手報名，引起許多嘲笑。「不然你們去跑啊！」我真想大聲罵回去。

運動會那天真正上了戰場，我果然在預賽就被淘汰了，完成了一個明知不可能勝利的賽跑，不因為害怕被嘲笑就退縮，我這輩子永遠以自己為傲！

****

我做過很勇敢的事是選擇念高職。當初爸媽和老師都很反對，因為我的成績不錯，他們認為我應該讀高中考大學，但我喜歡動手做，想要學習一技之長，從高職到技術學院的求學歷程充滿成就感。很多技職生會有自卑心態，我都鼓勵他們：畢業後出社會就是講求實力而不是靠學歷，要勇敢走自己的路，在興趣和專業中不斷磨練成長，不必太在意別人的眼光。

****

我做過很勇敢的事是跟喜歡的人告白。大家都說「女追男，隔層紗」，但我臉皮薄，面前的紗就跟鋼板一樣厚重得難以穿越。後來我終於鼓起勇氣約對方出來，將喜歡的心意讓他知道。結果被拒絕了，我抹抹眼淚卻一點也不後悔，寧可清清楚楚地失敗，也不要因為膽怯而錯過，留下遺憾。

****

我做過最勇敢的一件事是愛上我老公，並跟他結婚。對一般人來說這或許不算什麼，但是對於在單親家庭長大的我，從小看到爸媽吵吵鬧鬧大打出手，對於愛情和婚姻充滿不信任的陰影，我曾經打定主意一輩子單身，但是老公用耐心和溫情將我的恐懼慢慢融化，他希望我給自己和他一個機會，共同建立一個圓滿快樂的家庭。我決定接受這個賭注，即使失敗了，至少我努力過。至今我們結婚五年，下一個目標就是生個寶寶，這又是另一項新的挑戰。

****

我做過最勇敢的一件事是：深夜經過重大車禍的現場，雖然常聽人們告誡這時候千萬不要雞婆幫忙，以免被家屬反咬一口，但我還是決定停車，在昏暗寂靜到幾近恐怖的氣氛中，我打開車燈，在滿地狼藉碎片中搜尋傷患的身影。終於，在凹裂的轎車門邊看到奄奄一息的傷者躺在地上發出痛苦呻吟。我蹲下來，帶著極度不安的心情，輕聲安慰他說：不要怕，救護車快來了……

事後，聽說傷者抵達醫院後不久就過世了，家屬無限感激的向我鞠躬，感謝我在當下勇敢地下車，讓他們的老父不至於在淒冷的冬夜寂寞地面對死亡。剎時一股暖流撫平彼此的心，我的恐懼不安和家屬的喪親之痛都在這暖流中得到無言的安慰。

感受到自己的勇氣是一種很寶貴的經驗，它讓你看見自身的力量，鼓舞你相信自己，勇敢往前走。你是否也曾經有過這樣的時刻和感受呢？

Note

我做過很勇敢的一件事

我很後悔的一件事……

在我們的一生中，總難免做過一些後悔的事，犯過許多錯誤，留下無法彌補的傷害、懊悔和遺憾。這些歉疚自責的情緒好像埋在心底深處的一根刺，想起來就隱隱刺痛。

十幾年前，我要到美國紐約度假一個月，於是把心愛的老狗皮皮請託長輩幫忙照顧，長輩家有個大院子，對於習慣自由自在的皮皮來說，我覺得是很好的選擇。我在紐約期間，經常打電話回台，關心皮皮的狀況，長輩總說很好很好，讓我安心在國外玩樂。直到我回國，開車要去接皮皮回家，才知道早在我出國第二天，牠就逃家，走失了。長輩怕我在國外擔心，所以沒跟我說。

我那陣子經常哭著在長輩家附近的巷弄穿梭呼喚，拿著皮皮照片問遍那一帶的住家和動物醫院，但事隔一個多月，根本希望渺茫。有一天睡到半夜，我夢見皮皮被一家動物醫院收容，我在睡夢中哭醒，天一亮立刻開車衝到長輩家附近再次尋找，但仍失望而歸，一無所獲。

皮皮跟了我十六年，當初收養牠時已經是成犬，我對狗狗一向是終生的許諾，即使牠們老邁病痛，我一定會陪伴牠們到最後一刻，以溫柔的佛經送牠們離開。皮皮是我最心愛的毛小孩，我居然讓年邁的牠孤獨害怕地在陌生的城市裡流浪，挨餓受凍，在某個不知道的角落裡默默死去。事隔十多年，每次想到皮皮，我依然會淚流滿面，揪心不已。

人非聖賢，孰能無過。這句話說來輕鬆，但是原諒自己並不容易。我只能帶著遺憾的痛楚前行，絕對不讓同樣的懊悔在下一隻毛小孩身上發生。

痛楚代表著情緒的呼喊，它們不想再被囚禁在追悔和幽暗之中，想要被看見、被承認、被接納、被釋放，想要得到原諒和自由。而書寫是釋放情緒最簡單的一種工具。

小時候我們家是賣魚的，爸爸每天忙著處理魚貨，清洗魚腹刮除魚鱗，長年累月下來身上總有一股魚腥味。有一次，某位同學在班上大聲說我們家很臭，我爸爸也很臭，害我覺得很尷尬，臉頰漲紅不知該如何反擊。

回家後爸爸跟我說話，我很生氣叫他走開，說他身上很臭，他的臉色變了，沒說話走到外面抽煙。那陣子我很彆扭，心裡有點抱歉卻不知道該怎麼辦，父子之間變得很奇怪。後來就不了了之。現在想起來還是覺得很自責，但爸爸已經過世，欠他的一句道歉再也沒機會跟他說了。

****

我最後悔的是，不懂得好好珍惜一段感情，因為幼稚的自尊心和任性的自我中心，傷害了心愛的人，讓她遠離我的生命。現在她已經找到新的幸福，我只能在遠處默默祝福她。

****

我最後悔的一件事是為了逃離原生家庭的痛苦，匆匆跳進一段錯誤的婚姻。我以為只要有人愛我就會得到幸福，沒想到兩個不成熟的人根本無能經營美好的婚姻。我想過要離婚卻沒有勇氣，拖拖拉拉之間兒子誕生了，老公卻變本加厲經常外宿不歸，丟下我們母子獨守每一個漫漫長夜。我不想再永無止境的爭吵，終於勇敢離婚了，現在我帶著兒子努力展開新生活，一點都不後悔這個決定。

****

當我怒氣沖腦甩了孩子一巴掌之後，心中無比後悔。我從小在爸媽的鐵砂掌下倖存長大，不止一次在心裡默默發誓：以後當了父母絕不打罵小孩，要用愛的教育跟孩子理性溝通。但是現實並不如想像中那麼美好，當生活壓力和孩子的吵鬧同時席捲而來，我還是氣急了對著孩子怒吼，舉起巴掌狠狠甩他耳光。當我看到孩子摀著臉頰嚎啕大哭，以怨怒又害怕的眼神瞪著我時，我心裡一驚，這就是我小時候看父母的眼神，完全一模一樣。剎時心中的懊悔如海嘯般洶湧撲來，眼淚也奪眶而出。我抱著孩子，哭著向他道歉，並告誡自己絕對不能再犯同樣的錯誤。

****

我很後悔的一件事是：大學時候很貪玩，放寒假了還不肯回家，媽媽一直說：奶奶身體不好，要找時間回鄉下探望，我想反正過年就要回去了，何必急在此時？沒想到奶奶突然心肌梗塞過世了，我連她的最後一面都沒見到。我匆匆趕回去，在靈前跪地大哭，卻再也來不及了。

在你心裡有哪些後悔的事呢？如果你已經準備好了，就來寫一寫那些讓自己搖頭歎息甚至淚眼婆娑的回憶吧。邊寫邊哭，重新感受到心痛，都沒關係，不要讓眼淚悶在心裡，讓它釋放出來，還諸天地吧。

Note

我很後悔的一件事

我做過很糗的一件事……

每個人都做過一些糗事跟蠢事。上課走錯教室、吃錯同學的便當、當眾跌倒、上台比賽忘詞、在喜歡的人面前結結巴巴、說錯話、認錯人、出門上班卻穿著室內拖鞋、吃完飯才發現忘記帶錢、沒帶鑰匙只好摸黑爬牆回家、說謊被人拆穿……，生活裡亂七八糟的出錯，你還遇到過哪些呢？

為什麼我們要來寫這個起始句？因為，當眾出糗雖然難堪，卻有一個很重要的功能，就是破除完美主義的緊箍咒。

我們每個人內心難免都有完美主義的包袱，總想在別人面前表現出聰明、優雅、成功、自信的正面形象。一旦我們願意跟大家分享出錯出糗的經驗，就像把完美面具摘下，露出糊塗可笑的真面目。好丟臉啊！不過形象毀滅之後，不必再花力氣撐住顏面和樣子，整個人反而變得放鬆自在。

當糗事發生的那一瞬間，你可能羞愧萬分、無地自容，恨不得挖個地洞鑽進去；但事過境遷以後，往往變成一陣笑談，甚至笑到捧腹流淚，當時的尷尬已經轉化成自娛娛人的笑料和話題。這就是時間的作用啊！

一位朋友想到從自滿的臭屁鬼變成可憐戰犯的悲慘往事：

國中時候我是有名的飛毛腿，跑步很快。有一年校慶運動會的400公尺接力賽，我們班派出包含我在內的閃電四人組F4，賽前我自信滿滿跟隔壁班嗆聲，絕對把他們打趴在地上。

比賽那天，我跑第一棒，準備動作時我還嘻皮笑臉，但槍聲響起，我居然在起跑時滑了一跤，我慌張地手忙腳亂爬起來，死命向前衝，但已經被對手們遠遠拋在後面。交棒後，我低頭走回休息區，安靜躲在角落覺得好丟臉。

比賽結束，我的隊友們還是很厲害衝到第二名。我們本來鐵定拿冠軍的，但他們並沒有責怪我，而是嘻嘻哈哈一直取笑和模仿我摔倒在地滿嘴吃土的動作，用輕鬆氣氛讓我釋懷，害我感動得哭出來。這下子更糗了！

一位朋友想起在眾人面前摔倒的丟臉畫面：

我的個性很容易緊張，向來不喜歡參加團體遊戲。剛進大學時有系上迎新，主持人學長說要玩大風吹，我滿心不願意，但身為新生哪敢表示意見，結果在跑來跑去搶位置時，我沒坐穩就一屁股摔到地上，把椅腳也撞斷了。我腦門一股血往上衝，滿臉通紅，依稀聽到眾人的驚呼聲中夾雜著忍住的笑聲。學長學姊和同學們趕緊跑過來扶我，但我卻羞愧得站不起來。這就是我踏進大學生活的起手式，真是不堪回首。

一位朋友寫到在喜歡的人面前出糗的血淚事跡：

念大學時，為了追求喜歡的女孩，整個人變得很有書香氣。有一次約她到圖書館看書，我心裡緊張得小鹿亂撞，但表面上故作輕鬆跟她一路說笑，結果……，我整個人碰一聲撞上圖書館的玻璃大門，眼鏡撞在鼻梁上都歪掉了，痛得我快要飆淚。當時附近有蠻多人都回頭看我，真是糗斃，她一面關心地問我還好嗎，一面憋住笑。我只能逞強說沒事，然後吹噓自己骨頭很硬皮很厚，從小到大跌跌撞撞都沒在怕的，藉此轉移自己的尷尬。

一位朋友說到她向來迷糊，出糗簡直是家常便飯：

我的個性很迷糊，從小到大做過的糗事可多了，數都數不清。最近的一次是全家出遊，爸爸開車，上高速公路前我特地下車到便利商店採買一堆零食，興沖沖跑回車上，突然發現……前座有一對陌生男女，轉頭很驚訝地瞪著我……

原來我上錯車了。

我急忙連聲抱歉，狼狽提著兩大袋零食跳下車，快步跑回爸爸車上。全家三部車的人看著我跑來跑去的整個過程，全都笑翻了。

而我唯一慶幸的是，還好那對男女沒有正在卿卿我我，不然我就更糗了！

所有的幽默喜劇都懂得善用出糗、誤會、做錯事的元素，因為不完美的人生會讓每個人變得更真實更可愛。當我們可以接納出糗、出錯的自己，比較容易放下嚴肅的盔甲，以輕鬆的態度哈哈大笑，擁抱那個羞愧掩面的自己。

你有做過比上述例子更糗的事情嗎？要不要試試看邊寫邊笑邊臉紅的滋味呢？

Note

我做過很糗的一件事

那一天，我決定……

你知道一部很有意思的電視劇〈荼蘼〉嗎？劇中的女主角面臨一個很艱難的決定：追求事業（去上海）或選擇愛情（留在台灣），不同的決定將會走上不同的人生。這部戲很有創意地採取雙線進行，把兩種決定的後果都演出來，讓觀眾熱烈討論和思考：如果是你，會做那一個決定呢？

我們每天都要做出無數的決定，大部份的決定都很瑣碎，例如要穿哪件衣服出門、三餐要吃什麼等，這類決定通常轉頭就忘；但有些決定卻有著特別的意義，讓你至今仍然銘記在心。

透過這個起始句，我想讓大家回憶一下你生命中比較關鍵性的那些決定。每一個決定都是一面鏡子，反映出當時的自己。

有兩位朋友寫到了告白的決定，但兩人的結局並不一樣：

> 那一天只因為他隨口說了一句話：「我覺得妳留短髮應該蠻好看的。」我決定把一頭飄逸長髮剪掉，改成俏皮俐落的短髮。他看到後，驚訝得說不出話，恍然明白了我的心意……然後我們就在一起了。
>
> ************************************
>
> 那一天我決定提起勇氣，跟喜歡的人告白。這一點都不像我的個性，其實我是不太有自信的人，都是幾個閨密瞎起哄，讓我突然昏了頭，熬夜寫了一封文情並茂的情書大膽表白。結果，我生平第一次的告白行動黯然以失敗收場。我覺得這樣也好，至少讓我早早死心，不要再懷抱不切實際的幻想，大哭一場之後，還是有點心痛，但心裡也

輕鬆很多。

還有兩位朋友寫到了決定勇敢做出改變：

那一天，我終於決定去尋求心理諮商。我從小就是個敏感的人，很容易陷入憂鬱和焦慮的情緒，交了女朋友之後，剛開始感情很好，後來我變得很沒安全感，只要找不到她、或者兩人在一起的時候她卻忙著接電話或看手機，我就暴躁易怒，覺得她根本不在乎我，她則批評我霸道、控制欲太強，長期吵來吵去，她決定要跟我分手。我顧不了面子，一直哭著懇求她原諒和回頭，但是她卻鐵了心腸離我而去。我幾乎崩潰了，沒有她的日子我不知道該怎麼辦，每天借酒消愁，一直走不出來，覺得很絕望，活著也失去意義。一個在學校擔任輔導老師的朋友建議我去找專業協助，並為我推薦人選，還幫我打電話預約，於是我第一次推開心理諮商的大門，開始治療心靈的傷口。

****

那一天，我終於下定決心要離婚。這不是他第一次出軌，這麼多年來我選擇睜一隻眼閉一隻眼，生怕看得太清楚會讓自己再度受到傷害。但是他居然如此不經心，讓我看見他手機裡的那些甜言蜜語的私訊。我突然覺得好累，沒力氣爭吵也不想再努力了。夫妻之間如果沒有信任，還剩下什麼呢？我選擇放手，讓彼此自由。

有一位朋友的決定和行動力，讓我好佩服啊！

收到體檢報告的那一天，我決定開始運動，用手機當作計步器，每天走路一萬步。至今已經過了一年，我總共走了三百多萬步，身體也健康很多。

而我自己則想到了三十五歲生日那天，我決定到美國進修兩年。身邊有些親友並不認同，他們勸我實際一點，把這筆錢當作頭期款先買個房子，有土斯有財，趁年輕儘早置產，現在辛苦一點老了才有保障。我不否認我對未來也有很多擔憂和恐懼，但當時的我並不想把人生的夢想捆綁在二、三十年的房貸上，趁著還有勇氣就該大膽去追夢，我想在國外生活一段時間，我想擴展生命視野，我想送給自己兩年時間來探索這個廣大的世界。我知道現實很重要，但我還是想要走一條跟別人不一樣的路。

唉，沒想到後來台灣的房價會一路飆升，如果二十年前我把出國的錢拿去買房子，現在也是千萬富婆了吧！如今想來雖然有點嘆息，但我卻不後悔。我們無法以今日的時空來評斷昨日的選擇，每個決定都反映著當下的自己，有些事，當時不做，可能永遠也不會做了。愛情如此，生涯的選擇也是如此。

在你生命中，有哪些難以忘懷的決定呢？

Note

那一天，我決定

如果時間可以倒流，我希望回到那一天……

看著這個起始句，我的心裡一陣刺痛。

我想起很久以前，在路上撿到一隻雛鳥，經過將近一個月的細心照顧，牠羽翼漸豐，活潑可愛，正打算找時間帶牠到公園放生，卻因為一時疏忽，讓牠成為貓咪的爪下亡魂。

這一切只發生在一秒之間，我完全來不及反應，就看到心愛的小鳥癱軟在地上，脆弱的生命就此消逝。我捧著牠依然溫熱的小小身軀，一直哭著跟牠說：「對不起」，好希望時間的輪軸可以倒轉，只要倒轉一秒，我就可以防範悲劇發生，只要倒轉一秒，小鳥就可以快樂長大，在天空和微風中快樂飛翔。

但無論我如何悲傷悔恨，時間之神都不願為我倒轉那一秒。

然而在心靈寫作的世界裡，我們擁有幻想的自由：如果時間可以倒流，你想要回到生命裡的哪一天？

也許，是你最快樂的一天，也許，是最難忘的一天，也或許，是最懊惱遺憾因而渴望重來一次想要有所彌補的一天。

如果時光可以倒流，我想回到十歲那年夏天。那時候，爸爸還沒有外遇，媽媽還沒有抓狂，他們還沒有整天吵架和決裂離婚；那時候，全家每天都一起吃晚餐，還會趁著暑假到墾丁海邊去玩，那幅完整家庭的快樂畫面，後來就消失不見了，成了永不復返的記憶。

****

如果時間可以倒流，我想回到弟弟自殺的前一天。如果那天我可以回家去看看他，如果我可以察覺到他心情不好，如果我可以好好擁抱他，如果我可以坐下來安靜聽他說話，如果我可以告訴他我有多愛他，結局會不會不一樣？太多的如果，交織成永遠無法彌補的傷痛與遺憾。

****

如果時間可以倒流，我想回到高中時代，我會勇敢向她表白；我想回到大學時代，我會放下無聊的面子，真誠地解釋和道歉，不會讓她如此傷心；我想回到26歲生日那天，我不會再膽怯猶豫，而會毅然拿出藏在口袋中的戒指向她求婚……，一次又一次錯過，只能眼睜睜看著心愛的女孩被別人搶走，讓我悔恨不已。

****

如果時光可以倒流，我想回到考上公職那一天。我到現在還清晰記得那天的興奮和快樂。父母來自流離戰亂的時代，內心充滿不安全感，從我小時候就不斷耳提面命，叫我一定要考公務員捧個鐵飯碗，生活才有保障。我曾經很抗拒這條安穩的路，何況我也不是很聰明很會考試的人，實在不想浪費時間準備。但他們卻從未死心，一直嘮叨叮嚀，終於我妥協了。當我跟父母報告這個喜訊時，他們臉上的欣慰表情讓我很難忘。我終於做了一件讓他們安心的事，也為自己鋪陳了明確的未來。

我自己第一次寫這個起始句時，忍不住哽咽了，因為我寫到爸爸過世的情景：

如果時光可以倒流，我想回到爸爸過世那一天。當醫師宣告不幸的消息，我們含淚走進加護病房，圍在爸爸的身邊默默流淚。我在心裡說：「爸爸，謝謝你一生的付出，謝謝你賜給我們生命。謝謝！我愛你，一路好走。」多年後我才聽說，逝者最後一個歇止的身體感官是聽覺，也就是一個人過世後的短暫時間裡，他還可以聽見人世間的話語。我有點懊惱，我當時應該要說出來的，我應該讓他親耳聽見我們對他的感謝和愛。如果時間可以重來，我會以這些話語送別他的靈魂，祝福他自由飛上無病無痛無苦無憂的極樂天堂。

如果時間能夠倒流，你想回到生命裡的哪一天呢？

Note

如果時間可以倒流，我希望回到那一天

我在愛情裡學會的是……

啊，愛情！

關於愛情，每個人都有很多話要說。愛情的甜蜜和快樂、癡戀和瘋狂、承諾與背叛、選擇與迷惘、悔恨與惆悵，那些痛、那些苦、那些傷、那些體悟與成長……

愛情是永遠書寫不完的主題。我們每個人都在愛情裡跌跌撞撞、哭哭笑笑，逐漸找到屬於自己的一套愛情哲理。這個起始句在團體分享時總是引起熱烈的迴響，因為每個人寫出來的體悟，都是走過許多冤枉路才得到的智慧結晶啊！

我來搶先發言好了。我在愛情裡學到兩件事，第一要兩情相悅，第二要快樂。

在愛情的開端，最重要的是要「兩情相悅」。愛的天平不能傾斜，更不能唱獨角戲，強摘的瓜不會甜，千萬不要苦苦強求對方愛你，也不要強求自己去勉強將就。如果找不到兩情相悅的伴侶，寧可單身還比較自在。

走進愛情世界之後，最重要是相處的快樂。兩個人在一起必然會遭遇許多麻煩、厭倦、爭吵與痛苦，要有很多快樂才足以支撐這趟相愛的旅程。快樂不一定來自對方，更多時候是來自於自己。先成為一個快樂的人，才可能建立一份快樂的愛情，當一個分享快樂、創造快樂的好伴侶。

接下來，許多朋友也慷慨分享他們心中的愛情箴言：

談戀愛之後我終於明白：愛情不只是浪漫的想像，而是互相體諒、包容溝通與體貼。以前的我很任性，凡事只想到自己，在愛情裡我學會怎麼去愛一個人，替對方著想，用心經營兩個人的世界。

****

我有一個痛的領悟：愛情從來就不是被別人拆散的，唯一能讓你們分開的只有你們自己。所以不要把分手怪罪到別人身上，也不要說「因為時間的流逝所以我漸漸不愛你了」。變心，就直接承認吧，不要再隨便找藉口。

****

我學會的是：相愛要雙方共同決定，但分手只要一方決定就行。當對方提出分手，不必再苦苦挽留，一切都是徒勞，只會讓感覺更糟，傷害更深。轉身離開吧！保持優雅的姿態，不必讓對方看見自己的眼淚。

****

我學會的一件事是：不是只有愛情可以滋潤我的生命，也不是只有愛情可以填補內心的孤獨。得之我幸，不得我命，既然單身，就好好享受生活，讓自己快樂亮麗。

****

我在愛情裡學會的是：只要真心愛過，都值得感謝。今日愛的傷痕，會讓明日的我變成更好的人。

****

我在愛情裡學會的是：保持自己的空間很重要。愛情只是生命的一部份，而非全部。不管有沒有愛情，都要過著自己喜歡的日子，活成自己喜歡的人，千萬不能為了對方而失去自己的夢想和快樂。

****

我在愛情裡學會的是：不要相信「我這麼做，是因為愛你，都是為你好」這種鬼話。

****

我在愛情裡學會的是：不愛自己的人，也不會相信別人會愛你。沒有安全感的人，別人也無法給你安全感。愛情像一面鏡子，讓我們更看清楚自己。

****

在愛情裡我想要學會的是：像個孩子一樣自由和信任。像個老人一樣放鬆又有智慧。我還在努力學習。

愛情這條路，讓你學會了什麼？有哪些重要的領悟？你是否也願意分享呢？

Note

我在愛情裡學會的是

第四章

凝視當下

平凡生活裡的情味

「我們的生活既平凡又奇妙。

我們都逃不過生老病死，卻又努力地活著；

我們在世上度過許多寒冬，歷經許多愁苦，一顆心仍熱烈跳動著；

我們都是重要的，我們的生活也是重要的，生活的種種細節都值得一記。

這是作家的責任：對於生活中的細微事物給予神聖的肯定，以創意面對生命。」

這是娜妲莉在《心靈寫作：創造你的異想世界》書中，我很喜歡的一段話。日常生活是滋養寫作的肥沃土壤，活在當下的此時此刻，每一件小事都值得被看見、被書寫、被細細品味。

在家裡，我最喜歡的角落是……

從小到大，我搬過很多次家。小時候的家很擁擠，兄弟姐妹全睡在一張大通鋪上，幾乎沒有私人空間，但是屋前有空地和稻田，屋後有大樹、小溪和菜園，足以讓我穿梭流連。中學時住在兩層樓的透天厝，我跟祖母睡同一個房間，我在上鋪，像個隱祕的小閣樓，是屬於我的一方小天地。念大學之後跟同學合租公寓，終於有了自己的房間，讓我隨心所欲佈置出一個象徵獨立自我的世界。

後來又在不同的國家和城市間居住過，不論住在哪裡，總會把屋子變成一個舒適放鬆的小窩，在滾滾塵世中有一個讓身心安居駐足之地。

家是身體的城堡，也是心靈的港灣，對每個人都很重要。我想藉由這個起始句，請大家仔細看看自己的家，在這個每天生活的熟悉空間裡，你最喜歡那個角落呢？

喜歡捻花惹草的朋友最喜歡她一手打造的陽台小花園，很重視睡眠的朋友最喜歡他房間裡的大床，愛熱鬧的媽媽最喜歡全家人團聚的客廳，愛做菜的主婦最喜歡開放式廚房……，每次分享文章時大家總是嘴角含笑，氣氛超熱烈的。

以前去歐洲旅行，看到家家戶戶窗外都有色彩繽紛的美麗花台，覺得好喜歡，於是在客廳陽台佈置一個小花園。每天早上，我會在晨光中跟我的植物們打招呼，晚上回家，也會去看看是否有新芽和花苞冒出來。假日的時候，我會坐在陽台喝咖啡、看書，享受被花草圍繞的悠閒時光。

****

我雖然單身，但是我喜歡睡雙人床，別的東西可以省，床鋪一定要寬敞舒服，因為人每天有三分之一的時間睡在床上，對我而言更是不止，我喜歡賴在床上聽音樂、玩手機、看電腦、講電話，這張床是我最舒適的王國。

****

家裡我最喜歡客廳，這個空間平日空蕩蕩的，大人出門上班，小孩上學，舒適的沙發和影音設備都被冷落。但是到了週末，這裡就熱鬧了，先生喜歡靠在沙發上看電視，孩子在窗邊彈鋼琴，我則躺在按摩椅上閉著眼睛敷臉，聽著電視的球賽聲、斷斷續續的鋼琴聲、孩子們走動說笑的聲音，是一種平凡居家的幸福。

****

家裡我最喜歡廚房了。我從以前就很希望有開放式的廚房，不要自己一個人悶在廚房裡做苦工，而是全家人一起參與，而且我喜歡做甜點和麵食，很想要大桌面的工作枱。去年家裡裝潢時，我乾脆打掉一個房間讓夢想中的廚房實現。現在先生和孩子都可以一起洗菜切菜擺碗筷，不再遠庖廚，我覺得很欣慰。

****

在家裡我最喜歡的地方是書房。其實這個老房子有很多缺點，採光不好，儲藏空間不夠，因此書房牆角堆滿了許多雜物：旅行箱、冬季的棉被、瑜伽墊、電熱毯、電風扇，但是至少有一張書桌是屬於我的空間，我在這裡看書、趕報告、聽音樂、跟貓咪玩，享受獨處。

****

在家裡，我最喜歡浴室。還沒離婚前，浴室是我療傷的洞穴，我不想在孩子面前哭泣，就躲到浴室裡打開蓮蓬頭，讓嘩啦水聲掩飾我的眼淚。離婚後，我把浴室重新裝潢，換上漂亮的瓷磚和泡澡浴缸，裝上大鏡子和溫柔燈光，添購玫瑰花精油和香氛浴鹽，不時擺一盆花或可愛小物裝飾，孩子們都好高興。當我疲倦的時候，就泡個香噴噴的貴妃澡，紓解一天壓力，心情不好的時候也可以盡情哭泣，沒有人知道。泡過澡後好好回床上睡一覺，明天起來又是全新的一天。

我覺得最理想的家應該同時滿足親密和獨立的雙重需求，有共享的空間，也有獨處的角落，讓家裡的每個人都感到放鬆自在。在你家裡，你有最喜歡的角落嗎？

如果找不出來，那這個起始句就是一個很棒的提醒。從現在開始構思，進行小小的改變，在家裡創造一個滋養自己身心的舒適角落吧！感覺會很不錯喔！

Note

在家裡，我最喜歡的角落是

我有一個祕密基地……

小孩子天生就喜歡尋找祕密基地。根據兒童心理學的研究，孩子三歲以後就有祕密和隱私感的需求，喜歡擁有一個小小的私密空間，帶著心愛的玩具和故事書在這裡自得其樂，高興時邀請家人或朋友一起進來玩，不高興時就躲在裡面不理任何人。祕密基地的形式不拘，棉被窩、桌子底下、紙箱、衣櫥、帳篷、閣樓、樹屋、稻草堆、離家不遠的空地、山洞……，都可以刺激孩子們的想像力和創意，變成一個安全又自由的神祕小天地。

其實成年人也很需要祕密基地，一個無拘無束的小宇宙，讓我們可以把世界關在外面，天馬行空自在玩耍，必要時也可以作為心靈的洞穴，安靜休息默默療傷。

對我來說，小時候的祕密基地是屋子後院那棵大榕樹。榕樹應該很老了，長了很多鬍鬚，它的樹身強壯圓潤很好爬，小時候我常爬到樹上發呆，或是坐在樹下盪鞦韆，不時抬頭看看綠葉搖曳背後的藍色天空。大樹的身影一直留在我的心裡，宛若童年的守護神一路陪伴我長大。

到台北念大學之後，我的祕密基地是環繞著校園的那條河堤。我常一個人坐在河堤的台階上吹風，看著河床上的芒草、籃球場，潺潺溪水映著天光，編織青春的夢想。

出社會工作後，祕密基地換成了安靜舒適的咖啡館。最近這一兩年，我最喜歡的是一間位於巷弄裡保留老房子風味的咖啡館，有兩層樓，每張桌椅都不一樣，全是有著歲月痕跡的老傢俱。我常帶著小狗一起窩在二樓窗邊的角落，聽著店裡播放的慵懶爵士樂，安靜看書，眼睛累了就看看窗外的路樹，以及走過巷弄的大人和小孩。在城市裡擁有一個無所事事的放鬆空間，真的很幸福。

講到祕密基地，每個人都感到窩心而微笑了。有些人喜歡走進大自然的懷抱：

> 我的祕密基地是位於基隆八斗子的望幽谷。大學時代跟班上同學來郊遊，從此就愛上這裡獨特的美景：綠色的草原、蜿蜒的步道、海邊奇形怪狀的豆腐岩和海蝕平台，可以站在高處俯視大海，也可以走近海邊碰觸潮濕的礁岩，每個角落都值得駐足。以前一直以為它叫「忘憂谷」，讓我每次想要散心或放空，就騎著機車沿著北海岸前來。現在進化為開車族，它依然是我私心最愛的地方，只要來到這裡，在草地上躺下，看看天空吹吹海風，就足以忘憂。

有些人的祕密基地就在自家屋子裡，一方讓人沉醉廢寢忘食的興趣園地：

> 自從迷上玩拼布，就在客廳的角落佈置一個工作區，有縫紉機、針線盒、各式工具、布料、緞帶、鈕扣、參考書、作品展示架……，只要進入拼布的手作世界，我就渾然不覺時光流逝，沉浸在這個祕密基地裡，樂而忘憂。

有些人的祕密基地不是物理空間，而是以文字和創作堆砌而成的心靈空間：

> 我熱愛寫作，中學時代就開始天天寫日記，長大後，一篇篇部落格的文章就是我透過文字打造的祕密基地，每天上網書寫，紀錄生活和心情點滴，跟網友留言互動，是我一天當中最珍惜的心靈時光。

還有一位朋友的分享讓大家讚歎不已，簡直是維吉尼亞．吳爾芙（Virginia Woolf，英國作家）《自己的房間》的最佳寫照：

> 當初結婚前，為了婚後是否要跟公婆同住，我跟男友整整討論了三年，先生很孝順又是獨子，他是絕對不可能搬出來的，害我好幾次想要跟他分手。我是接案子的SOHO族，習慣在家工作，要我跟公婆住在同一個屋簷下，對我的挑戰真的太大了。
>
> 經過無數的爭吵和淚水之後，我們終於找到解決方案：我在外面租了一間20坪的小房子當工作室，每天吃過早餐就跟先生一起出門，到這個完全屬於我的空間裡看書、上網找資料、寫企劃案、畫設計圖，天黑以後再下班回家。這個一房一廳的舒適空間是我的祕密基地，有了它，我才有信心踏上紅毯，在婚姻中仍保有獨立的自我。

你是否也擁有一個喜歡的祕密基地呢？如果還沒有，看到這個起始句之後，會不會感到心動而開始尋找呢？

Note

我有一個祕密基地

今天，有一件美好的小事……

每當你覺得生活無聊、日子太清淡平凡，或者被一堆鳥事折磨得疲憊不堪、煩躁厭世，很想要轉換心念，召喚一點正面能量時，你會怎麼做？

有一個簡單的方法，就是把注意力放到美好的微小事物上。

現在大家的手機都有照相功能，不妨想像自己是一位攝影師，拿著相機在塵世中遊走，透過觀景窗仔細觀察生活周遭的景物，專注尋找美好的微小事物。

亮亮的陽光在樹葉上跳躍、小鳥在公園的沙地上洗澡、孩子純真的微笑、年輕人在球場上奔跑、小狗撒嬌的表情、吃到甜滋滋的水蜜桃、寂靜的夜晚站在大樓屋頂仰望流星雨……。在這個城市裡，美好的小事其實無所不在，只是我們的腳步太匆匆，所以很少看見。

當你拍下這些美好的畫面，當然也要書寫一下。用照片和文字捕捉當下的感動，即使是很細微的小事也值得一記。久而久之，你就會擁有一本屬於自己的「美好小事紀錄簿」。聽起來不錯吧！

在我的記錄簿裡摘出幾條我喜歡的美好小事，跟大家分享：

早上到陽台澆花時，發現兩個花盆裡長出好幾株番茄幼苗，好可愛。前陣子隨手把吃剩的番茄埋入花盆裡當堆肥，沒想到種子居然發芽了。植物的生命力真神奇，讓人驚喜。

****

趁著過年前的大掃除整理房間，把可以捐贈的舊衣物打包，書籍裝箱，打算寄送到偏鄉圖書館。房間變清爽了，還在抽屜的舊皮夾裡找到五百元，大樂！

****

炎炎夏日帶著毛小孩到溪邊玩水。別人家的狗兒都在水裡玩得不亦樂乎，我家膽小的孩兒卻不肯下水。我抱著她往淺水處慢慢走去，她掙脫我的懷抱逃命式的游上岸，努力甩乾身體，還不爽地回頭瞪我，惹得大家哈哈大笑。我這位狗奴的地位真是太卑微了。

****

很久沒有抬頭看月亮了。今夜帶小狗出門散步，看見彎彎的上弦月掛在寂靜的夜空，好美。

其他朋友們也分享了身邊的美好小事，讓正向的情感漣漪繼續擴散：

早上匆忙出門趕著開會，來不及吃早餐，走進辦公室卻發現桌上擺著同事幫我買的愛心三明治，還有一杯香濃的熱豆漿。被照顧的心情，好溫暖啊！

****

女兒在幼稚園學了一首新歌，回到家很興奮載歌載舞表演給我看，雖然咬字不清、五音不全，根本聽不出來她在唱什麼，但實在太卡哇伊了！立馬拿出手機錄影，在家族社群裡分享給爺爺奶奶看，老人家也笑得樂呵呵。

****

最近搬新家，今天起床看到窗外陽光大好，勤奮魂發作，趕緊把床單被套通通洗了，抱到頂樓曬太陽。沒想到頂樓上別有洞天，一位中年先生坐在陰涼處的藤椅上看書，另一邊角落有位奶奶在整理屋頂菜園，孫子在一旁玩耍。都市大樓的樓頂居然有著類似鄉間小路的日常風景，真有趣。

****

今天到咖啡廳小坐，年輕店員為我的熱拿鐵配上一朵很特別的拉花，我驚喜地稱讚她，順便聊起來，才知道她是夜校生在此打工，未來的夢想是到巴黎學服裝設計，目前正在輔修法文。她是單親家庭長大的孩子，獨立、開朗、認真敬業又溫文有禮，看到這麼優秀的年輕人，心裡真的很感動啊！

今天的你，是否在日常的生活裡看到一些美好的小事呢？現在就翻開筆記本，捕捉這個微小片刻的心動和喜悅吧！

Note

今天，有一件美好的小事

最近很有成就感的一件事……

成就感是一種很美好的情緒，它代表著我們的努力得到了正向回報，付出的時間和精力換來了快樂與滿足。這種感覺真好。

我們的心靈很需要成就感來加以滋潤鼓舞。如果沒有成就感，生活將變得平凡瑣碎、缺乏樂趣，無法激發行動和熱情。只要有了成就感，就像在心頭添加一把旺盛的材火，讓我們活得興致盎然，願意去嘗試新鮮事物，不怕辛苦和挑戰。

在生活裡尋找並創造成就感是很重要的。譬如，用心做了滿桌菜餚，家人吃得盤底朝天，一直說好吃，做菜的人就會很開心；為了參加比賽而每天努力練習，果然得到不錯的成績，高興得又叫又跳；熬夜加班完成一項企劃案，得到老闆和客戶的肯定，內心感到很驕傲；原本英文很爛，但為了要出國自助旅遊，開始認真惡補英語會話，慢慢可以跟外國人溝通……。這些成就感為生活帶來很多快樂，也讓我們越來越相信自己、喜歡自己。

上班族的成就感多半是來自工作，例如達成業績、爭取到新客戶、成功研發了新產品、加薪、升職、解決棘手的麻煩等等。一位負責採購的朋友寫到：

> 最近很有成就感的一件事是，為了幫公司節省預算，不厭其煩找不同廠商比價，結果碰到老同學願意給我特別優惠，買到物美價廉的設備與軟體，被老闆大大誇讚，真開心。

現代人整天面對著電腦，為了平衡身心，手作DIY的風潮日益盛行，很多人利用閒暇去學木工、編織、拼布、種菜、自行組裝家具，雖然做出來的成品不一定完美，但那份成就感卻無可取代。

> 最近很有成就感一件事是生平第一次動手粉刷牆壁。身為租屋族，為了省錢只能租到屋況不佳的老舊房子，但又不想住得太委屈，決定把它重新油漆改頭換面。我是一枚懶骨頭，為了生活品質只好捲起袖子，貢獻出我的首刷處女作。
>
> 第一次踏進大賣場的油漆部門真是眼花繚亂，還好熱心店員幫我找齊必備工具，還以電腦配出我喜歡的色彩。既然要漆，就想要玩點花樣，但又不敢太冒險，所以全屋還是以珍珠白為底，然後每個空間選一面牆來玩顏色，客廳放電視的那面牆我漆了溫馨的鵝黃色，主臥有一面浪漫的粉紫色，老公書房有一片明亮的希臘藍，我的書房是放鬆的淺綠色，餐廳是開朗的橘紅色。
>
> 我們總共花了兩個週末的時間來粉刷，真的好累，漆工也不太完美，有些小瑕疵後來都懶得補救了，但是整個房子煥然一新，我陶醉得一直在屋子裡走來走去，百看不厭，不斷讚美自己太棒了。我決定下一步要來挑戰傢俱的變身，把餐桌椅和化妝台也漆上漂亮的顏色，玩上癮了啦！

除了手作DIY之外，挑戰身體潛能的各種運動也很夯。我身邊很多朋友迷上健身，也有人熱愛跑馬拉松、騎單車環島、報名參加三鐵，每次碰面都聽他們講得津津樂道。連一位自稱是肉腳的朋友，也提到了一次充滿成就感的爬山體驗：

> 前陣子跟朋友去雪霸國家公園玩，原本只想隨意走走，但隔壁房間住著一群活力充沛的中年婦女，熱情推薦我們去爬榛山步道，說是非常漂亮。我是都市裡長大的肉雞，平時很少爬山，那天不知為何鬼迷心竅，聽到這條步道才四公里，決定去挑戰一下。
>
> 我們吃完早餐後悠哉出發，林道兩旁筆直高聳的大樹散發著森林浴的清新氣息，讓我們抱著輕敵之心繼續前進。過了步道入口開始往上爬升，前段還算平緩，後來碰到高低落差將近五百公尺的路段，讓我汗水狂飆雙腿發軟，快要休克。爬得越高，視野越開闊，終於看到壯觀的聖稜線，站在海拔兩千三百公尺的觀景台上吹著清涼山風，遠望藍天白雲下連綿起伏的峻嶺群峰，趕快拿出手機拍下這歷史性的畫面！
>
> 本以為下坡會輕鬆許多，但事情往往不像憨人想的那麼簡單，那些急下的陡坡讓我膝蓋發抖得快要抽筋。終於走到終點那一刻，忍不住抱著路邊標示里程的木樁大叫：「我成功了！」能夠活著完成這次壯舉真是可歌可泣，雖然回家後鐵腿一個禮拜，但超有成就感的啦！

越是辛苦付出，得到回報的時候就越快樂，回憶起來也越甜美，這就是成就感的祕密。你最近有沒有這樣的體驗呢？

Note

最近很有成就感的一件事

最近我很苦惱的一件事……

每次在課堂上書寫這個起始句，都可以聽見各式各樣的苦惱。從考試、青春痘、跟朋友吵架、戀愛、工作、薪水、夫妻溝通、親子問題，到買房子、外遇、健康、父母年老的照顧等等。總之，人生有苦惱是常態，沒煩惱才真奇怪！

當我們心中有了苦惱，正是最需要書寫的時刻。要分享快樂很容易，但是要找人訴說煩惱卻不免猶豫遲疑。這時候，書寫就像一個忠實卻沉默的好朋友，隨時可以傾聽你，陪伴你，讓你盡情吐苦水。

有一次我寫到跟朋友之間的衝突，很難過，寫著寫著，就看見了自己習慣退讓、喜歡息事寧人，其實是因為很害怕當壞人，害怕別人對我有負面的評價。於是，我練習跟內心的「壞人」對話，試著站穩立場，擺脫濫好人的包袱，認真傾聽內心真實的聲音，不要把別人的意見看得比自己更重要。勇敢當個機車鬼，捍衛自己的權益，感受自己的力量，有一種爽快俐落的感覺！我突然感到如釋重負，完美主義的面具又鬆動了一點點。

其實，大多數的苦惱都是因為放不下，內心有所執著，腦袋就容易卡住，找不到出路。透過書寫、分享和討論，繃緊的情緒可以釋放，也比較容易放下執著，為苦惱鬆綁。

一位朋友寫到婚姻裡的爭吵，引起大家熱烈的討論：

> 我在娘家坐月子期間，剛好碰到農曆年，先生居然要我除夕那天帶孩子回婆家吃年夜飯。我很生氣，覺得他很不體貼。我可以了解公婆想要抱金孫一起團聚的心情，但是，女人坐月子是很虛弱的，為何要強迫我和寶寶冒著冬

日寒氣出門？我無法久坐，面對滿桌菜餚也吃不下，在公婆面前又不好意思說不吃或想回房間休息，何必讓我那麼不自在？除夕每年都有，往後的幾十年我都要在婆家過年，今年情況特殊，他就不能讓我在娘家好好休養嗎？

我爸媽當然想保護我，但他們不好意思說什麼，怕被冠上「壞親家」的罪名，最好是我們小倆口自己解決，若要跟公婆討論，當然也必須由我先生出面，我這當媳婦的，爸媽當親家的，都不好開口啊。

我為了這事跟先生吵了好幾次，哭得很傷心，甚至氣到想離婚，孩子我自己生自己帶自己養，沒在怕的。後來先生終於了解我的心情，主動去跟公婆說要讓我好好休養，等到月子做完了，再利用元宵節小過年吃一次團員飯。公婆很開明地接納了，這次吵架風波才終於落幕。

婚姻裡的性別議題、夫妻之間的溝通技巧、兩代之間和姻親之間的互相尊重與對應，很多人都有深切的體驗，透過這篇寫作，大家交流了許多實戰的智慧，非常有趣！

還有一位朋友寫到兒子失戀，讓她心疼又苦惱：

我兒子很單純，這是他第一次碰到情感挫折，看到他每日魂不守舍，不吃飯也不睡覺，整個人消瘦一圈，當娘的我實在很擔心。有一次他喝醉酒，像個無助的孩子般倒在地上痛哭，說自己活不下去，我也跟著掉淚，好心疼，一個兒子養這麼大，居然為了一個女孩子就不想活，這可怎麼辦呢？我勸他跟公司請假，回家休息住一陣子，他不肯；我擔心他有憂鬱症，想陪他去看醫生，他也不肯。我叫老公去勸他，但老公本來就不太會說話，只能陪兒子喝喝酒。

感情無法強求，這個簡單的道理兒子不是不懂，但他已經被巨大的痛苦吞沒，緊緊抓著過去的美好回憶捨不得放手。看著孩子為情所苦，知道他長大了，要自己去經歷人生的風雨，當父母的無計可施，只能在旁邊乾著急，耐心等待和陪伴，讓時間來治療他情感的憂傷，希望這份痛苦早日過去。

聽完這篇文章，我請在場的年輕文友們給出回饋，大家紛紛給予這位媽媽鼓勵，覺得她做得很好，因為從孩子的角度來看，這時候父母能夠給予尊重和理解，就是最溫暖的力量。這番話讓這位媽媽眼睛含淚，釋懷許多。

是啊，情關難過，再苦也只能咬緊牙關親身去經歷，別人真的幫不上太多忙。成年子女已不再需要父母的保護，過多的關心和干預反而是一種不信任，父母要學會放手，安靜退居一旁，默默支持和陪伴孩子，相信他有能力度過人生的每一道關卡，這真是父母的一道艱難修煉啊。

人生的苦惱就像海浪，一波未平一波又起，這時候就坐下來寫作吧！祝福你早日走出惱人的迷霧，讓自己越來越強大！

Note

最近我很苦惱的一件事

最近我的生活有一些改變……

「改變」這兩個字經常讓人害怕，它意味著要離開熟悉的舒適圈，迎接未知。但生命一直在前進，改變是不可避免的。我們從孩子變成大人，從學生變成上班族，從單身走進家庭，從熱血青春到白髮漸生，每個階段都要面臨新的成長和考驗。

當改變來臨，我們難免惶惑不安。即使是滿懷期待的好事，譬如談戀愛、升職、結婚、生小孩、搬家、退休，在快樂之餘也會帶來許多壓力。更何況有些改變是始料未及或不樂意的，我們還沒有準備好，新的狀況和挑戰就像潮水一樣朝著你洶湧撲來，譬如調職、失業、生病、離婚、經濟危機等等。

這時候，透過書寫可以梳理複雜的心情，並且鼓舞我們勇敢迎接挑戰。

一位朋友寫到照顧父母的壓力，讓生活節奏大亂：

> 最近婆婆經常生病，先生不放心，把她接到台北，由我們家和小叔家輪流照顧。家裡突然來了一個老人家，一切生活步調都要改變。她習慣早起，我只好跟著起床，幫她準備早餐；她的牙齒不好，我把食物煮得軟爛她卻不愛吃，我只好一直變換菜色，試著找到她合胃口的烹調方式；她不肯吃藥，老是自怨自艾說年紀大了寧可早點死掉不要活受罪，我每次都要好說歹說軟言安撫；她很寵孫子，完全不顧我的原則，讓我很為難，怎麼說都不聽。還好有小叔家可以輪替，讓我喘口氣，不然我真會抓狂。
>
> 我有個朋友也是照顧婆婆很多年，以過來人的經驗勸告

我：「照顧病人要放鬆，要柔軟，不要想跟她講道理，盡量順隨她的心意，她開心就好。」這真是一個蠻困難的功課。

照顧長輩真的很不容易，既要同理體貼對方，也要懂得適度照顧自己。放鬆和柔軟確實是很重要的提醒。

還有一位朋友正在學習放手的藝術：

最近這兩年我開始面對空巢期的生活，說真的還真不習慣。首先是兒子到南部念大學，接著女兒去美國交換學生一年，雖然在理智上我很替孩子們高興，他們終於長大了，羽翼豐滿，可以獨立高飛去探索更廣大的世界，但是在情感上我卻依依不捨，難掩失落之情。他們小時候背著書包讓我每天接送上下學的情景宛若還在眼前，轉眼間已經長得比我還高，不再需要我的保護，要去開創自己的人生了。家裡頓時變得空空蕩蕩，下班後我只能跟老公大眼瞪小眼，沒有了孩子的話題，兩人講話也有一搭沒一搭的，非常無聊。

隨著孩子長大，身為父母的我們也必須自我調整，階段任務已經完成，就要學習放手。既然孩子不再需要我們，就必須重新找到精神的寄託，巢可以空，但心靈可不能空虛。

這是很棒的自覺。現代人的平均壽命有七、八十歲，兒女離巢後，至少還有二、三十年的金色歲月，這是一生中最成熟、最自由的時光，肩上的責任都已卸下，唯一的任務就是好好照顧自己，保持健康，隨心所欲享受生命。祝福！

有時候為了心中的理念和夢想，或者為了突破眼前的困局，我們也會主動創造一些改變，為生活注入新鮮活水，譬如換工作、去進修、告別一段關係等等。一位朋友為了改善親子關係，每天晚上關掉電視和手機，陪孩子唸書和說故事；一位朋友為了健康開始早睡早起，每天運動。還有一位朋友為了環保，開始力行減塑減碳的生活：

> 最近我開始改變生活習慣，出門的包包裡放著環保杯、環保筷匙、環保餐盒、購物袋，還有兩條手帕用來取代面紙和餐巾紙。每天提早出門，不趕時間就可以多走路和多騎腳踏車。
>
> 以前經常開車或搭計程車，眼前的景物總是匆匆掠過；不然就是搭乘捷運在地底下穿梭，看不到地面的天光和風景，只能坐在車廂裡滑手機。現在我經常騎著腳踏車在城市的街道和巷弄間遊走，運動之餘也增加樂趣。
>
> 以前出國在紐約和巴黎自助旅行的時候，每天總要走好多的路。透過走路，我才更貼近地認識那個城市，一步步走過賣熱狗的小餐車、小公園、百貨公司、美術館、蔬果攤、咖啡座、隨時駐足欣賞街頭藝人的演出。現在我打算重拾觀光客的那份熱情，以走路來多多認識這個每天生

活的城市，也為節能減碳盡一份微薄心力。

最近你的生活是否有新的改變正在發生？你如何迎接和面對它們呢？

Note

最近我的生活有一些改變

對我有特別意義的一道菜……

台灣是美食匯聚的島嶼，大江南北、東洋西洋、酸甜苦辣鹹，各式各樣的食物和菜餚應有盡有。即使吃遍山珍海味和世界料理，在記憶中總有那麼幾道菜是特別難忘的，跟生命情感深深連結在一起。

對我們具有特別意義的一道菜，通常跟愛有關。它讓我們想起親近的人，或一段特別的生命歲月。奶奶的草仔粿、爺爺的紅燒肉、媽媽的麻油雞、爸爸的豆瓣魚、外婆的醃肚鮮、外公的酒釀湯圓、情人的蛋炒飯……。當我們想著或吃著這些食物，好像又回到昔日的自己，跟過往的歷史重新產生聯繫。

我祖母和媽媽都有一雙巧手，廚房就像她們的魔法空間，總可以變出一道道美食。所以這個起始句我可以一寫再寫，每一道菜都勾起不同的回憶。不過有一次，我想到的卻是在外婆家的一段往事：

對我有特別意義的一道菜，實在太多了，但我此刻我卻想到一道特別的零食。我小時候沒什麼玩伴，最期待暑假到鄉下外婆家，跟表哥表姐們一起玩。有一次，我們幾個小毛頭嘴饞，但大家都沒零用錢，表哥提議炸絲瓜花來吃，我們立刻興奮地搬椅子通力合作，把後院絲瓜棚上的黃色花朵摘得一乾二淨，然後蜂擁到廚房，表哥生火起鍋，表姐打一碗雞蛋麵糊，把花朵裹上麵糊丟入油鍋裡炸，又香又脆的絲瓜花天婦羅好好吃啊，大夥兒心滿意足、齒頰留香的畫面至今仍歷歷在目。

後來舅媽發現整棚瓜架的花都不見了，氣得把我們大罵一頓，因為這樣就沒絲瓜可吃，也沒菜瓜布了。還好外婆出面說情，我們才免除被罰的命運。

而今童年那些老房子和農田都已經消失無蹤，變成高樓大廈，但我每次看到絲瓜，就想起昔日棚架上的金黃色花朵，以及那些洋溢著笑聲的童年夏日，好懷念。

一位朋友想起的是媽媽特別為他燉煮的藥膳補湯的味道：

每次逛夜市聞到藥燉排骨的味道，就會想起媽媽。我天生體質不太好，小時候常生病，個子很瘦很矮，媽媽擔心我長不高，以後娶不到老婆，所以從國小五六年級開始，經常燉煮各種藥燉排骨或土虱湯給我喝。黑黑的一碗藥膳湯，小孩子當然不愛，媽媽就說：「吃骨補骨，你吃下去就會長高長壯喔。」至於土虱是因為力氣很大，生命力很強，吃了就會跟牠一樣勇猛。媽媽會仔細幫我把土虱的刺挑出來，半哄半強迫地讓我把這些充滿中藥味的黑湯喝下肚。

這些藥膳一再提醒了我的瘦小和軟弱，所以我對它們充滿複雜的情緒。幸好我國三的時候開始長高，也變結實些，讓我不再為身材自卑。這應該要感謝當年媽媽的一番苦心。媽媽，謝謝妳。

一位朋友看了電影《總舖師》之後，想到了爸爸下廚的身影：

對我有特別意義的一道菜，是爸爸的番茄炒蛋。這是他唯一的拿手好菜，因為他平時是不下廚的，只有我吵著要吃這道菜時，他才會得意地拿起鍋鏟，把油鍋熱了，蛋液下鍋炒到軟嫩成形就立刻盛起，然後油鍋以青蔥簡單爆香放入番茄，等到番茄熟了再把炒蛋加入拌炒，撒下蔥花，就是一道紅黃相間點綴著翠綠蔥花的香噴噴美食。我只要有這道菜就夠了，可以連吃兩碗白飯。

結婚後我才發現，先生家的做法是把蛋液跟番茄倒在一起炒，變成黏黏糊糊的。我們老是為了哪一種做法比較好吃而展開激烈辯論。但這件事我是不會退讓的，爸爸的番茄炒蛋在我心中具有無可動搖的地位，直到永遠。

書寫這個起始句真會讓人食指大動，不斷流口水呢！而且想到那些親愛的身影，心裡也升起一股溫暖的懷念！對你來說，你想要寫哪一道菜呢？

Note

對我有特別意義的一道菜

我的心裡有一首歌……

有一次陪朋友去聽萬芳的演唱會。萬芳在台上唱了一首又一首動人的情歌，我朋友一面聽歌一面掉淚，她低聲跟我說，每一首情歌她都倒背如流，因為它們陪伴她走過每一段愛情的旅程。我點點頭表示理解，但很淡定，只覺得這些歌很好聽，跟我的生命記憶倒沒有太多連結。

直到萬芳唱了〈王昭君〉。她帶著深深的情感說，這首歌要獻給她爸爸，這是他最喜歡的一首歌。我的眼淚突然一湧而上。

我想到了自己的爸爸。他最愛聽文夏的歌，我的童年幾乎是在文夏的歌聲中度過。爸爸很會唱歌，尤其唱起文夏的歌特別好聽，〈快樂的出帆〉、〈黃昏的故鄉〉、〈心所愛的人〉、〈悲戀的公路〉、〈無聊的人生〉、〈媽媽請你也保重〉……。爸爸已經過世十幾年，但此刻，他快樂唱歌的神情仍清晰在我腦海中浮現。

每個人心裡都有一些別具意義的歌曲，悠悠牽動著靈魂深處的情感。小時候媽媽經常哼唱的搖籃曲、爸爸坐在廊簷吹口琴的熟悉樂曲、奶奶一面聽收音機一面跟著哼唱的老歌、初戀情人最愛的歌、跟某人共舞時的那首歌……，每一首歌都連結著生命裡無比珍貴的思念和依戀。

每次在課堂上書寫這個起始句，可以感覺到每個人都在心裡輕輕哼著一首歌，筆尖不停寫著，身體微微搖晃，有人嘴角含笑，有人默默泛淚，每個人的心好像都跟空氣中無聲無形的音符一起悠悠飄揚。

當我們分享文章的時候，我會請每個人輕輕哼出這首歌。一位朋友以一首溫暖的歌來紀念早逝的友誼：

我的心裡有一首歌，是周華健的〈朋友〉。我患有先天性的罕見疾病，從小就在兒童病房進進出出，認識了一群善良又堅強的病友。我們身上都有各自的殘缺，不斷吃藥打針，哭過之後擦乾眼淚，還是很努力想要活下去，我們常會彼此分享笑話，互相打氣。其中有一個我最好的朋友，他有先天性心臟病，開過三次刀還是沒機會長大，在國二的時候去世了。後來每隔一段時間就會聽到又有朋友陸續離世。每次我難過的時候，就會播放這首歌，靜靜想念天上的朋友們。

另一位朋友以一首布袋戲歌曲來想念天上的阿公：

小時候，阿公最疼我。我們家境並不好，阿公卻有一種名士派的氣質，他很會拉二胡，加入一個南管樂團，經常到廟前的茶館演奏。在家裡，他也常坐在長板凳上，閉著眼睛輕輕拉著二胡自得其樂，那時候電視布袋戲很流行，他很喜歡拉一曲〈相思燈〉，小小年紀的我就搖頭晃腦跟著唱：「自古紅顏多薄命，紅顏薄命，阮也薄命。好夢由來最易醒，好夢易醒，獨有阮夢袂醒……」，祖孫二人合作無間，逗得阿公眯眯笑。這是我心裡最懷念的一首歌，阿公已經去世很多年了，每次思念他，我就會輕輕哼起這首幽幽的〈相思燈〉。

還有一位朋友想到了青春時代心痛的迷戀：

曾經，我愛上一個不該愛的人，陷入絕望的苦戀中，不知如何開口。要靠近，不可得；要離開，又捨不得。徘徊在進退兩難的懸崖之上，手足無措，心慌意亂。有一天她正要練琴，在電話那頭問我喜歡哪首歌。我痛苦地閉上眼睛，點了一首張洪量的〈妳知道我在等妳嗎？〉不久，溫柔的鋼琴聲透過話筒傳來，我躺在沙發上輕輕哼唱：「莫名我就喜歡妳，深深地愛上妳，沒有理由，沒有原因。莫名我就喜歡妳，深深地愛上妳，從見到妳的那一天起……」，這一瞬間，所有的猶豫遲疑和痛楚全都消散無蹤。我已沒有退路，為了她，縱使墜入懸崖粉身碎骨我也認了，義無反顧。

現在，你的心裡有哪首歌的音符正在逐漸響起？它對你來說，有什麼特別的意義呢？輕輕地唱出來，然後提起筆來，寫下你跟這首歌之間的故事吧！

Note

我的心裡有一首歌

我的衣櫥裡，有一件特別的衣服……

每個人的衣櫥裡，至少都有一件即使不再穿卻也捨不得丟棄的特別衣服。

它可能帶著一段特別的記憶，例如高中時代的制服、大學社團的團服、談戀愛時穿的情侶裝、度蜜月時跟當地小販買的民族服飾……。

它可能承載著特別的意義，例如：奶奶親手織的毛衣、媽媽送的長裙、自己打工存錢買的第一條名牌牛仔褲、心愛球員的背號球衣……。

它可能具有強烈風格，跟其他衣服都不一樣。例如性感的禮服、華麗的外套、閃亮的綴飾、藝術家的設計、全球限量版的造型等等。

衣櫥裡的每件衣服都有一段屬於它的故事。尤其那件特別的衣服，它當初是如何進入你的衣櫥？你都在什麼場合穿它？它對你有什麼特殊意義？為何你到現在還保留著它，不捨得丟棄？我們跟生活物件之間的感情連結，也是很好的寫作主題喔。

為了讓課程更好玩，我有時候會請大家把這件衣服帶來，看著它甚至穿上它，然後開始書寫。可以想見，文章分享時特別熱烈，每個人都珍愛地訴說著衣服的故事，往昔的情感也在筆端鮮活地流露出來。

有一次，我穿著心愛的棒球員加油T恤現身，跟大家簡述一下台灣的職業棒球現況，然後開始分享我的書寫：

我的衣櫥裡有一個珍貴的角落，收藏著中信兄弟象的總冠軍賽紀念球衣，還有我最心愛的恰恰彭政閔加油T恤。每次要進場看球，經典的黃色球衣就會出動；而每當我在理想與現實之間徘徊，需要勇氣的時候，就會穿上這件印著恰恰揮棒身影的23號黑色T恤，讓上面那行白色的字句「Never Never Give Up」鼓舞我。恰恰堅持操守永不放棄，挺身走過中職黑暗期的敬業精神，總讓我升起鼓舞的力量。這些球衣我會永久珍藏，一直陪伴我到白髮蒼蒼。

一位即將邁入熟女階段的朋友拿出一件嬌小的泛白牛仔短褲，放在日漸圓潤的腰圍上比劃，惹得大家都笑了。但她分享的文章卻讓大家很感動。

在我的衣櫥裡，有一件大學時代最愛的迷你熱褲，其實早就穿不下了，卻一直不捨得丟。打開泛黃的相簿，當年的我好清秀好輕盈，留著俏麗短髮，穿著印花上衣搭配超短熱褲再蹬一雙半筒馬靴，不愛念書經常翹課，整天混在社團裡，跟一群文青死黨喝酒唱歌。我的打扮看起來很叛逆很張揚，但其實內心幽暗不安，藏著來自家庭的怨和愛情的傷。天不怕地不怕的外表只是一種保護色，讓自己免於在絕望和自苦中崩解潰敗。幸好，我安然走過那段迷惘的歲月，終於接通了地氣，在創作中好好安頓身心。唯一留下的這件辣妹熱褲，用以紀念那個努力在脆弱中假裝堅強的自己。

一位朋友帶來一件緞面繡花的旗袍，以及兩張她穿著這件旗袍在婚禮上宴客的照片。她也分享了一段充滿感情的故事：

我的衣櫥裡有三件奶奶留下的旗袍。我很佩服奶奶那一代的女人，把旗袍穿得如此舒適自然，她很習慣穿著旗袍吃飯、看電視、抽煙、打麻將、逛菜場，就像我們穿著T恤襯衫一樣日常。她穿旗袍也好看，八十幾歲頂著一頭閃亮白髮，就像富貴人家備受尊寵的長輩，但其實她一生很辛苦，一個寡母把五個孩子養大，但她那一身旗袍的優雅自在騙了很多人，或許是她太驕傲吧，不肯讓過往的心酸在她身上留下任何痕跡。

奶奶是我們心目中的老佛爺，對孫子們非常寵愛。她過世後，我們珍惜地分享她的遺物，我拿了三件旗袍作為紀念。原本以為這些旗袍只能靜靜掛在衣櫥角落，但我結婚時突然靈機一動，把這件旗袍拿去修改，作為我的宴客禮服。穿著奶奶的旗袍走向人生的下一個階段，對我意義很重大，好像奶奶就在身邊陪伴我，讓我更有勇氣升格為人妻人母，像奶奶一樣用生命和愛來守護自己建立的家庭。我相信這是奶奶給我的祝福，我會努力的！

在你的衣櫥裡，藏著哪些關於衣服的故事呢？

Note

我的衣櫥裡，有一件特別的衣服

我有一個可愛的朋友……

這個世界上如果沒有一些可愛的朋友，將會多麼寂寞啊！

朋友跟家人不一樣，朋友是自己選擇的。所以，有緣成為朋友就表示彼此都看到了對方可愛的一面，互相了解欣賞。

我們一生中會結交到很多好朋友，其中總有一些特別的朋友在我們心裡佔據著比較鮮明的位置。今天就來寫一個你很喜歡的可愛朋友吧。

要描寫一個人並不容易，因為人是很複雜的，每個人身上都有許多面向，心靈寫作短短的十分鐘書寫根本不可能寫得周全。所以這個起始句就從一個簡單的角度切入：你為何覺得這個朋友很可愛？從這個朋友身上最吸引你的特質寫起，開始回想你們的友誼。

這個起始句讓我想起很多可愛的朋友，心裡升起一股溫暖。有一次，我寫到一位久已失聯的朋友，不知道她現在過得如何？

我有一個可愛的朋友綺，是國中時代的死黨。當時我們都活在聯考的壓力中，內心有一種說不出口的苦悶，但她卻有著細膩浪漫的情懷，是她逼我每天背一首唐詩，是她介紹我看瓊瑤小說，以及珍．奧斯汀的《傲慢與偏見》、海明威的《戰地春夢》、施篤姆的《茵夢湖》、梭羅的《湖濱散記》，還有我最愛的赫曼．赫塞。

她長得漂亮優雅斯文，卻很喜歡打水仗，炎炎夏日的週末我們到學校看書，累了她就邀我各自站在長型洗手台的兩端，打開水龍頭，用清涼的水柱互相噴灑攻擊，大笑大叫，然後全身濕漉漉站到太陽底下曬乾，好像兩個瘋狂的傻瓜。

是她帶領我走進文學和閱讀的世界，用以對抗蒼白無聊的青春。可惜高中之後我們考上不同學校，然後我又到台北念大學，兩人漸行漸遠。寫到這裡，突然很想念這位失聯的青春好友。

還有一次，我寫到一位暴走族的好友，自己也是邊寫邊笑：

我有一個很可愛的朋友，個性跟我相差一百八十度，完全互補。我比較壓抑，很少生氣，她卻脾氣暴躁，一點小事都暴跳如雷；我喜歡慢條斯理，她卻缺乏耐心，動作很快卻常丟三落四；我習慣替人著想，碰到衝突就開始自我反省，她的口頭禪卻是「氣死我了、對方太過分、我為什麼要忍讓」；我很膽小怕事，只求自掃門前雪，她卻充滿正義感，看到不公平的事就會雞婆插手，經常去管別人的瓦上霜；我講話向來溫和婉轉，擔心說錯話會傷到人，她則坦率直白，想到什麼就脫口而出毫不隱藏。個性反差這麼大，居然還可以變好朋友，還真是奇蹟。

幾年前她決定出國唸書，我突然變想念她的，因為我身邊再也沒有這麼直率衝動的朋友。不知道她拿到學位回國之後，個性會不會改變呢？

我很喜歡這個起始句，總是趁機提醒大家：浮上我們腦海的每一個朋友其實都不完美，但完全無損於他們的可愛，也無損於我們心中的情誼。同樣的，我們自己也不需要追求完美，只要認真活出自己的特色和個性，真誠與人相待，就可以擁有美好的友誼。

有一位朋友的書寫也很動人，放在這裡跟各位分享：

> 我有很多好朋友，但是講到可愛，W絕對排第一名。
>
> 她很有創意，充滿熱情，但是她也很麻煩，相當任性，而且非常非常幼稚。她很容易讓我心軟。她總是放我鴿子，但我一直原諒她；她一天到晚跟情人、小孩吵架，每次聽到理由，我可以理解她為什麼傷心，卻又忍不住笑出來，因為實在是太亂七八糟。
>
> 反正不管怎樣，我都會輕易地原諒她。因為我在她身上看到，人雖然在童年受到很深的傷害，還是很努力想要好好活下來、想好好長大，想當個好大人。雖然要掙脫過去的陰影真的好困難，但她還是一直很努力讓自己活出陽光和溫暖，從沒放棄。光是這一點，就足以讓我認了這個朋友。

當我們懂得欣賞別人的可愛，就不會活成一座孤島。講義氣、才華洋溢、善良體貼、溫柔細膩、熱情雞婆⋯⋯，當我們身邊被這些可愛的朋友所圍繞，生命也會變得豐富多彩。

現在，你決定要寫哪個朋友了嗎？

Note

我有一個可愛的朋友

那一刻，我被大自然感動了……

最近這幾年，大自然的療癒力量漸漸受到重視。現代人整天生活在城市裡，眼裡只剩下高樓大廈和車水馬龍，身心都累積了許多壓力，若能抽空到大自然裡走走，看看高山與森林、碧海與藍天，仰望宇宙星辰的浩瀚，感受動植物的生機盎然，對於身心靈的舒展和釋放有很大幫助。

接近大自然還有一層更深刻的內涵，就是人文情懷的甦醒，讓我們發現在短暫渺小的自身之外，還有一片亙古長存的無盡天地。

人在天地之間並不是孤獨的存在。人類從出生到死亡，一輩子都受到大自然的滋養和照顧，天空、海洋、群山、溪流、綠樹、草原、形形色色的動物、植物和礦物，形成一個豐富多元、生機盎然的生態圈，讓人類與眾生代代相傳，繁衍安居。我們都是宇宙的子民，是浩瀚時空裡的旅者，有了這一層感悟，生命的視野和胸襟會很不一樣。

我的右腳不太方便，很少運動，但是很幸運地我還是有機會走進大自然，接受壯麗的洗禮。大學和研究所時代，我跟同學們一起健行，一步步陸續走過台灣的中橫、北橫和南橫，連續數日行走在高山峻嶺之中，感受著鬼斧神工的絕美。我也曾經出國旅行，到過中東的沙漠、歐洲的阿爾卑斯山、東南亞的熱帶叢林、眺望過大西洋和太平洋的洶湧遼闊。這些心靈被深深觸動的時刻，讓人永難忘懷。

被大自然感動的時刻，不一定遠在他方，我們身邊的土地就蘊藏著無數美景。一位朋友寫到了故鄉平原的綠色農田，還有一位朋友寫到澎湖海灘上的星空：

我是在農村長大的田莊囡仔，小時候屋前屋後都是稻田，隨著季節而播種、插秧，從綠油油的秧苗慢慢變成金黃色的稻穗，是童年熟悉的美麗風景。長大後離開家鄉，稻田景象也在記憶中逐漸淡去。

前一陣子，我在工作和情感上碰到很多挫折，讓我對人性感到困惑，心中充滿絕望。灰心喪志的我決定回鄉下老家散心。當我走上田埂，看到幼時熟悉的景象依舊，微風吹過綠油油的秧苗，水面倒映著天空的雲彩，我突然哭了起來。我彷彿又變回那個在田埂間無憂無慮奔跑的孩子，被生生不息的大地守護著。我蹲下來觸摸潮濕的土讓和柔韌的青草，回想童年的簡單純真，心中陰霾慢慢散去，漸漸升起一股勇氣，又有了踏實向前的力量。

****

大四畢業那年，一群死黨相約到澎湖旅行，我們租了四部機車，在淳樸人情味的小島上自由穿梭，乾旱地面上隨風搖曳的天人菊，映著藍天大海非常漂亮。晚上吃過海鮮大餐之後，我們一群人躺在望安的海灘上，在海風和浪潮聲中仰望繁星燦爛的夜空，每當有夢幻般的流星劃過，大家就驚喜尖叫。我默默在心裡對著流星許願：希望出社會後無論碰到多少困難，都莫忘初心，要一直往夢想的道路前進，也希望這份珍貴的友誼永遠不變。寂靜夜空中的滿天星斗，似乎正默默傾聽著我的願望，也安撫了青春心靈的不安與離愁。

有一次我在花蓮搭了一艘特別航程的賞鯨船出海，這是我第一次從海面上凝望東海岸的中央山脈，那美麗的畫面到今日還鮮明留在腦海：

那一天，我們大清早就摸黑上船，慢慢駛出港口，在太平洋上等待日出。金黃色光芒從海平線慢慢浮現，逐漸喚醒黑色的海面，越來越亮，一輪金色太陽終於升上海面，在一望無際的粼粼海上映照出閃爍金光。兩三群活潑的海豚興奮地慶祝新的一天降臨，頑皮地在船身附近快速洄游穿梭追逐，在眾人歡呼聲中不停躍出水面飛旋轉身快樂炫技。太陽越升越高，金色光芒慢慢照亮崎嶇高聳的清水斷崖，我們從海上望著這片雄偉壯闊的海岸美景，這就是當初讓荷蘭船員衷心讚嘆的福爾摩沙，美麗神奇的海上島嶼，也是我們安身立命的家鄉，心裡升起無限感動。

你也曾經有過被大自然感動或療癒的經驗嗎？把它書寫出來，對大自然表達心中的感謝和敬意吧！

Note

那一刻，我被大自然感動了

我想送給自己一份禮物……

我很喜歡「送一份禮物給自己」這個概念。

世界上最了解你的需要和渴望、最希望你開心快樂的人，就是你自己。所以由自己出手，一定可以送出最貼近內心情感的特殊禮物。

我沒什麼錢，最喜歡送自己的禮物是「時間」。二十九歲時，我送自己半年時間到歐洲和以色列流浪，療情感的傷；三十五歲時，我送給自己兩年到美國進修，一圓出國留學的夢想；四十三歲，我送自己十天去參加內觀禪修，釐清生命的困惑；四十五歲，我送自己三年時間移居花蓮，嘗試電視劇本的寫作。最近幾年，我送給自己一段更長的時間，離開職場專心照顧身體，玩戲劇，玩樂器，開展表達性藝術治療的興趣。

現在回頭看，我送給自己的每一份禮物都非常珍貴，這些時光在我的心靈深處閃閃發亮，讓我以自己的方式踏上療癒和成長的路途。

當我邀請大家來書寫這個起始句，果然激發出許多人內心的欲望，興奮地為自己規劃一份特別的禮物。舉一些例子跟大家分享：

> 我想要送給自己每週半天的自由時光。在這個時光裡，我要暫時拿掉各種角色，我不是太太、不是媽媽、不是女兒、不是媳婦、不是上班族，我是純然的自己。在這個時光裡，我可以自由自在做任何想做的事，我可以看書、畫畫、寫作、練瑜伽、去逛書店或美術館、去看電影或去漂亮咖啡廳喝下午茶，任何人都不可以吵我，我也會關掉手機和電話，全然享受一個人的自由。孩子已經長大到可以照顧自己了，我的這份禮物應該很快就能夠兌現。

****

我想去學鋼琴，當作送給自己的四十歲生日禮物。小時候家裡很窮，我很羨慕那些穿著美麗小禮服、梳著整齊辮子，挺直背脊優雅彈著鋼琴的女孩，這不是我這個窮孩子可以企及的夢想。前陣子走過一家音樂教室，悠美的音符傳入耳際，突然想起小時候的渴慕心情。我去拿了課程簡章，心裡很興奮，我決定去報名鋼琴初級班，滿足童年的夢想。

****

我本來想要送自己一趟海島度假的旅行，卻忙得抽不出時間。最近好疲倦，等不到出國了，決定先上網刷了五星級溫泉飯店的一泊二食外加全身精油香氛SPA。這個週末我就要去享受慵懶貴婦的幸福時光，讓身心放空，腦袋停擺，好好休息一下。

****

我想要送自己一份禮物，去日本念語言學校，深入體驗日本的生活和文化。這是一份大禮，所以我正在努力存錢。另外我也想去看極光，如此貪心的我，真的必須勒緊褲帶省吃儉用啊。

****

我最想送自己的禮物是西藏之旅。每次有人問我最想去哪裡旅行，我就想到西藏，它對我而言已經成為一種象徵：遙遠、神聖、困難、昂貴、寧靜、充滿神祕力量、跟天堂和神很接近，靈性的故鄉。想了很多年都沒有行動，或許是該好好開始計劃了。

****

我一直有個田園夢，想要親近大地，親手栽種無毒的蔬菜水果，健身又健康。我也希望下一代孩子多多接觸泥土和自然，到野外跑跑跳跳，不要整天讀書考試和玩手機玩電腦。最近跟朋友談起，他願意租我一小塊地，讓我週末去玩玩。我決定把它當作送給全家人的禮物，大家一起去假日休閒農場玩種菜。

看了這麼多例子，你的心中是否也有靈感了？你想要送自己什麼樣的禮物呢？

Note

我想送給自己一份禮物

第五章

心靈書信

勇敢說出心裡話

我們每個人的心裡，總是藏著許多未曾表達的情感、未曾說出口的話語、未曾爆發的委屈和憤怒、未曾釋放的憂傷和眼淚。

那就透過書寫，讓它們自由吧。

書信體是很不錯的寫作方式。我們可以把那個熟悉或陌生的、久違或親近的、充滿愛意或怨懟的身影，呼喚來到眼前，然後打開心門，勇敢跟對方訴說內心的話。

書寫的世界是自由且安全的。你終於可以盡情書寫、盡情表達、盡情發洩。哭泣或大笑、揮拳或擁抱，都沒關係；面目猙獰或溫情洋溢、在地上打滾或仰頭長嘯，也都沒關係。充分感受這淋漓盡致的暢快與洗滌，然後，看看是否將有一種新的情感與洞見，在心底升起。

親愛的爸爸……

你的爸爸是怎樣的一個人？你跟他親近嗎？你們之間可以自在表達情感嗎？你有沒有什麼話想跟他說，卻一直不知道如何開口？

那就寫一封信給他吧。感謝的信、祝福的信、抗議的信、憤怒的信、和解的信……，都可以，把你深藏在內心的話語告訴他，讓他更了解你，也讓他有機會知道你的感受和心意。

寫信給父母並不容易，因為兩代之間的情感牽繫如此之深。在成長過程中，我們對父母有過許多複雜情緒，有感謝，也有抱怨，有期待，也有失落，有不耐，也有歉疚，甚至還有恐懼與憤怒，糾結不清。如今我們已經成年，而父母正逐漸老去，我們終於可以用比較成熟的角度跟父母說說話。

我曾經寫過很多信給爸爸，有些信寄出去了，但比較牽涉到心靈情感的信則一直存放在我的心靈寫作簿裡。有一封是他還在世的時候寫的：

> 親愛的爸爸，我看到你對孫子的寵愛，像個笑瞇瞇的彌勒佛，心裡很感動，但也有點嫉妒。以前你從不曾這樣溫柔對待我們。年輕時的你脾氣不好，很少露出笑容，讓我們不敢靠近。感謝歲月，讓我有機會看到你內心柔軟慈愛的一面。如果我們小時候你就可以把情感流露出來，該有多好？

這一封信則是他過世之後寫的：

親愛的爸爸，你在天上是否一切安好？剛剛我做了一段自由書寫，寫到你的沉默，我才發現我從小就一直想跟你說話，卻得不到你的回應。我們每天的交流只有一句「爸，吃飯了」，你放下報紙「嗯」一聲站起來。如此簡短，如此乏善可陳。

長大離家後，有一陣子我常寫信給你，以輕鬆口吻跟你報告生活點滴，你從不回信。我回家你也只是笑笑說：「回來了，吃飽了嗎？」然後就再也沒第二句話。我只能靜靜看著你，一個不願意讓人了解的男人。

現在你已經站在澄明光亮之處，以靈魂的角度看著人世間一切，而我也更成熟了。我還是會繼續寫信給你，相信在靈魂的層次，我們終於可以跨越語言而互相親近吧。

有一位朋友說，他沒辦法叫出「親愛的爸爸」，他的心中對父親充滿怒氣。我鼓勵他把這份怒氣寫出來。

爸爸，記憶中的你，每天都去喝酒，帶著迷濛的醉意回家。你永遠把朋友看得比家人重要，寧可在外面喝酒流連，也不願意回來陪我們。我們看到的永遠是醉醺醺倒頭就睡的你、吐得滿地狼狽的你、或者酒後暴怒亂摔東西的你。一個在孩子心中永遠缺席的你。這樣的爸爸到底是為什麼呢？

還有一位朋友也寫到跟父親之間複雜的心結，幸好最後得到了和解：

親愛的爸爸：聽到你生病的消息，我的心中五味雜陳。當初，你的外遇不只傷害了媽媽，也傷害了我，傷害了這個家。你的背叛，讓媽媽和我蒙上恥辱的陰影，親友們都以八卦的眼神議論媽媽，說她抓不住丈夫的心，又以憐憫態度說我沒爸爸了。你知道被遺棄的感覺有多痛苦嗎？

媽媽確實脾氣不好，自我中心又任性，當你們吵吵鬧鬧、你狠心離開之後，媽媽歇斯底里的憤怒和眼淚全都丟給了我。這些混亂和破碎就是我的童年。

當然我也要謝謝你，離婚後你一直遵守諾言，供養我到成年，我的大學畢業典禮你來了，讓我很感動。雖然我的婚禮因為媽媽很介意所以你無法出席，但你特別送來一份紅包，也讓我忍不住落淚。

現在年歲漸長，我可以體諒一個婚姻的破碎是兩個人共同的責任，不能全怪爸爸。但是，想到去醫院探望就必然要跟當初介入我們家庭的小三碰面，我心裡還是充滿複雜的情緒。

我還是慶幸我去了。在醫院裡看到你孱弱的病容，看到她對你溫柔細心的照顧，看到你對她的依賴和柔情，我的心裡百感交集，心底多年的糾結也慢慢鬆開。臨走前，我跟她說聲謝謝，感激她對你的陪伴和照料。幾十年的恩怨，終於在你的病榻前，逐漸消解。

寫給爸爸的信不一定會寄出，他也不一定看得到。但還是必須要寫。把心底話寫出來，釋放深埋的情感，最大的意義是為了自己。你同意嗎？

Note

親愛的爸爸

親愛的媽媽……

媽媽是影響我們童年最深的人。她是我們生命最初的依戀，也是我們長大後必須剪斷的心理臍帶。她是我們認識「愛」的第一堂課。

每個人的媽媽都不一樣。世界上有各式各樣的媽媽：溫柔的媽媽、暴躁的媽媽、樂觀開朗的媽媽、憂鬱寡言的媽媽、勇敢的媽媽、逃避的媽媽、委屈求全的媽媽、任性耍賴的媽媽、潔癖的媽媽、懶惰的媽媽、嚴厲的媽媽、少根筋的媽媽、活力充沛的媽媽、生病軟弱的媽媽、過度保護的媽媽、缺席的媽媽、愛面子的媽媽、偏心的媽媽、孤獨的媽媽……。每一個媽媽的性格和管教方式是我們童年裡最鮮明的那抹色彩。

而今你已成年。當你回望過往，媽媽在你生命中扮演什麼角色？如果你要寫一封信給媽媽，你最想要跟她說什麼？

歌頌母愛的文章很多，在此就不舉例了。倒是抱怨文都蠻有意思的，成年子女透過和母親之間的衝突，可以更清晰看見自己想要的人生。

親愛的媽媽：這次母親節，我與沖沖想要帶妳出國去玩，果然又被妳潑了冷水。「浪費錢」不但是妳的口頭禪，更主導了你的生活，「不用去日本玩，浪費錢」；「不用送禮物給我，浪費錢」；「不用再買衣服，浪費錢」；「廚具和沙發還好好的，不用換，浪費錢」；「在家吃飯就好，何必去餐廳，浪費錢」……

我知道妳是體貼我們，不想讓我們花錢，但是妳知道世界上有一種東西叫做「生活樂趣」嗎？妳一生克勤克儉為家人辛苦付出，現在讓我們回報妳，並不為過。我好希望妳的口頭禪可以改成「謝謝」，欣然接受我們的邀請，一起享受生活，創造歡樂的回憶，可以嗎？

****

親愛的媽媽：對不起，我們又吵架了。我說「對不起」並不是因為我錯了，而是我的態度不好，這一點我很抱歉。但我還是想告訴妳，我覺得跟妳相處好疲倦，就算我有洪荒之力也會被妳消耗殆盡。

像這一次，妳又嘮叨著擔心我沒結婚，老了怎麼辦？這個千年話題，妳就不能放過我嗎？妳自己的婚姻又沒多幸福，為什麼老認為我非結婚不可？歸根結底，妳從來不信任女人有獨立自主的能力，就算我再優秀再快樂，你還是認為我應該找一個男人依靠。妳一直拿妳的觀念套在我身上，這是我們之間長久以來的問題，我已經懶得跟妳辯駁。

但妳這一次居然晉級了，看到我跟小姪女玩得很開心，突然異想天開說，「把她過繼給妳，這樣妳老了才有依靠。」還認真跟小姪女說以後要當姑姑的女兒，要孝順姑姑，把小姪女嚇哭了，立刻躲到她爸媽身後不敢靠近我，生怕被我帶走。

我真的怒了，妳有必要這樣嚇小孩嗎？看到小姪女那麼害怕，妳還振振有詞說，弟弟家有三個孩子，分一個給自己姊姊有什麼關係？我聽了更生氣，小孩子是用來防老的物品嗎？小孩子有很細膩的感情很容易受傷害，妳知不知道？妳以前就老愛開玩笑說：我們是垃圾場撿回來的，如果不乖就要把我們丟掉，不要我們了，現在同樣不顧慮孫女的感受，隨口就要把她送人，這種話真的讓我很難忍受。

妳知道嗎？就算我有結婚，我也不會生小孩。我要的人生跟妳完全不一樣。妳從來不知道我要什麼，卻口口聲聲替我擔憂操心，然後一直想用你的價值觀來圈限我，這樣真的好累啊！

親愛的媽媽，我愛妳，但是我不會聽妳的話。我是成年人，我很努力在追求自己想要的人生，而且越來越快樂。請給我祝福就好，好嗎？

寫信給媽媽或爸爸，不是為了改變他們。唯一能夠改變的只有自己。透過一次又一次的書寫，我們學會釋放積壓的情緒，掙脫來自父母的枷鎖，並且設立柔軟彈性的界限，消弭衝突，讓愛浮現。這是成年人為了療癒自己的必修功課。

想要跟媽媽說的話可能一輩子都寫不完。沒關係，一封一封寫吧。今天，你想要跟她說些什麼話呢？

Note

親愛的媽媽

親愛的自己……

我有一個朋友很喜歡旅行，每到一個陌生的城市就寫一張明信片寄給自己。當旅程結束回到家裡後，這些親手書寫的明信片也紛紛寄達，讓她再次憶起旅途中的種種心情。

寫信給自己是很不錯的一個概念。你有多久沒有跟自己說話了？你有多久沒有靜下來，關心和傾聽自己？你有多久未曾問自己：「你開心嗎？你快樂嗎？你需要什麼嗎？」

如果你習慣在家裡獨自寫作，建議你站到鏡子前面，專注地凝視自己：你看到一雙閃閃發亮的眼睛，還是黯淡無光的眼神？你看到自信上揚的嘴角，還是疲憊慵懶的苦笑？你看到了躍躍欲試的青春，還是細微的皺紋與白髮？你想跟鏡中的自己說什麼話呢？

如果是在課堂上，可以透過冥想來看見自己。閉上眼睛，想像自己的面容，浮現眼前的你正在做什麼？是興高采烈的歡呼、心碎的痛哭、害怕地站在角落，還是昂首闊步光彩四射？你想要對眼前的自己說些什麼呢？

有一陣子我常失眠，夜半輾轉反側，乾脆起床書寫：

> 親愛的自己：今天你又失眠了，躺在床上翻來覆去，腦子停不下來。你常常忘記舒解壓力，導致肌肉緊繃筋骨僵硬，當然睡不好啊。失眠是一個警訊，表示你該放鬆一下了，天亮就去泡溫泉兼按摩，透過溫熱的水氣和輕緩的推拿，把壓力全釋放掉。記得喔，好好疼惜自己，沒有什麼比這更重要。

一位朋友最近工作升職了，她寫一封信為自己喝彩：

親愛的自己：你太棒了！你又開始攀登一座高峰，負責一整個部門，真是不容易，你一直是個自由自在的傢伙，而今卻要承擔起一個品牌的成敗、團隊的整合、老闆的期待，讓你每天忙得團團轉，好辛苦啊。但是你不怕苦，因為你有清楚的目標：你想迎接挑戰，想更上一層樓，想測試自己可以走多遠、做到什麼程度，你想證明自己的能力很強大。你有好勝的企圖心，一定會得到豐盛成果，畢竟你是無敵樂觀的射手座，就算碰到再大困難也會以正向態度勇敢面對。我非常看好你，加油！

一位朋友參加完同學會回家，心裡很感動，寫一封信提醒自己珍惜友誼：

親愛的自己：好久沒有看到你這麼快樂了。原來跟昔日的老同學聚會，一起打球、笑鬧耍白痴，具有這麼神奇的功能，好像突然回到大學時代，重現那段海闊天空的青春時光。當然青春是再也回不去了，但是老朋友還在，應該要多多聯絡。下次低潮或無聊時，打個電話吧，什麼都不必說，只要一句熟悉的「兄弟，球場見」，然後脫掉襯衫領帶，換上球衣，風馳電掣奔向球場，讓汗水沖刷掉一切煩憂，明天又是一條好漢。記得你們當初耍酷的白痴宣言嗎？「再累再廢，也要跟你打一場球」，珍惜友誼，千山不必獨行，別忘了！

一位朋友面臨工作的轉換，心裡忐忑不安，透過書寫安慰自己：

親愛的自己：有一句話我想對你說，人生其實沒有想像中複雜，只要換個角度看，再艱難的事也有簡單的那一面。不要害怕改變，只要堅持走在對的方向。這陣子的兵荒馬亂，很容易忘記一些最簡單的道理：你想要變成什麼樣的人？你想要怎樣的生活？只要回歸這個初心，保持冷靜，努力往想要的方向走去，就會一步步接近夢想。相信你自己。加油！

一位朋友談戀愛了，寫一封信鼓舞自己：

親愛的自己：恭喜你，你終於決定放下過去的陰影，勇敢迎接一份新的感情。我知道這是很困難的一步，而你終於跨出去了，我知道你仍會害怕，但是沒關係，愛情這首歌，注定要邊走邊唱，走在愛的路上跟對方一起攜手成長。你一定會越來越幸福的！

最近你好嗎？你需要被滋養、被陪伴、被照顧、被鼓勵嗎？有空的時候不妨坐下來，泡一杯咖啡或熱茶，安靜跟自己相處，寫一封信給自己，跟自己談談心。這種感覺很不錯喔！

Note

親愛的自己

嗨，小時候的我……

寫信給小時候的自己，是一種很溫柔的感覺。

在心靈寫作課堂上，有時候我會請大家閉上眼睛，全身放鬆，回想小時候的自已。此時浮現在眼前的小小身影，是幾歲的你呢？你正在做什麼？長大的你如果有機會走到這個孩子身旁，你會跟小小的自己說些什麼呢？

我很喜歡這個練習，每次浮上腦海的畫面都不一樣。有一次，我想到的記憶是第一天上幼稚園，我因為賴床沒趕上校車，爸爸只好騎車載我去，在幼稚園門口我看到老師們已經帶著小朋友們在廣場上集合，我覺得好丟臉，不肯進去，就站在外面哭了起來，直到老師走過來勸慰，我才低著頭默默加入隊伍裡。我寫信給這個貪睡又臉皮薄的孩子，告訴她，我到今天還是這樣子呢，真是糟糕啊！

一位朋友想起六歲時的一個畫面：

嗨，愛耍脾氣的小小文，好久不見。我看到你正在傷心大哭。那天，全家要一起出遊，你原本好期待，出門前卻為了穿衣服而鬧彆扭，爸爸等得不耐煩，威脅說：「再鬧你就留在家裡，不帶你了。」你心裡害怕，開始哭鬧，爸爸突然變臉，氣沖沖帶著媽媽和哥哥出門，把你丟下。

你淚眼汪汪看著他們的背影，尖叫嘶吼抗議，但沒有人聽見。他們都去玩了。你很驚慌，覺得被遺棄了，好像全世界只剩下你一個人，只有你的哭聲在無人的屋子裡迴盪。

雖然爸媽後來又轉回家來接你，但是你的心裡好像有一個地方被深深刺傷了。你以後再也不敢任性，很害怕再次被丟下不管。

想起這個往事，我的心湧起一陣疼痛。我想把你抱入懷裡，跟你說：傻孩子，別怕，沒有人會拋棄你。你被嚇到了，但是沒關係，你會好好長大，而且身邊會一直圍繞著很多愛，因為你值得被愛。收起眼淚吧，你的未來一切都很好，真的。

有時候，我也會請大家帶一張童年的照片到課堂來，寫一封信給照片中的自己。一位朋友帶來九歲時爬樹的照片：

嗨，親愛的小小容，你實在太可愛了。你頂著自然卷的蓬鬆短髮，好像一頭小獅子，天不怕地不怕，你的個性積極主動超級人來瘋，經常像一個酋長般號令所有鄰居小孩，在學校也是。你不喜歡女孩子的遊戲，最愛跟男孩子挑戰，你覺得女孩子的能力不會輸給男孩子，贏男孩子更能證明你的好勝心。這麼粗魯霸氣的你，長大後是好動開朗的我，真不賴，哈哈哈。總之，你是一個很棒的孩子，而我也是很不錯的大人呦。

另一位朋友帶來八歲左右的照片，他跟阿嬤站在古老的三合院前面：

嗨，孤單的小皮，看你的表情，想必又不開心了。你從小住在鄉下，阿公阿嬤很疼你，但你心裡總是缺一個洞，渴慕著遠方的爸媽。

早熟懂事的你，是個乖巧聽話的孫子，會陪阿公去巡視果樹，陪阿嬤去照顧菜園，還會幫忙曬蘿蔔乾、醃醬菜、晾衣服、摘柑橘和地瓜。鄰居都稱讚你是貼心的好孩子，沒有人知道你內心的寂寞。只是有時候，阿嬤叫喚你吃飯，你會故意假裝沒聽見，望著滿天晚霞沉溺在自怨自艾的傷感中，盼望早日回到台北跟爸媽團聚。

而今，看到照片裡阿嬤慈祥的笑容，和那座早已被拆除的三合院，突然想起許多畫面：屋旁的龍眼樹、夏夜的螢火蟲、清亮的鳥叫聲、綠油油的稻田和白雲藍天。以前我一直哀怨童年與爸媽分離的陰影，讓我缺乏安全感，現在我突然明白，阿公阿嬤的家已經變成我心靈的原鄉，難怪我現在每次心情不好就想離開都市到鄉下走走，去看看綠色田野。大自然總是默默地傾聽我的思念和寂寞、接納我的自憐和憂傷。阿公阿嬤也跟大自然一樣，默默疼惜著我這個有點孤僻的孩子。

此時此刻，我想仰頭對著天空說：阿公阿嬤，謝謝你們！我好想念你們！

小時候的自己，單純而柔軟，有點脆弱，像嫩芽一樣散發著清新明亮的能量，仰著頭幻想長大以後的世界。那個孩子一直活在我們心裡。

現在就乘著記憶之帆回到過去，跟小小的自己說說話吧！

Note

嗨，小時候的我

嗨，親愛的十七歲……

青春期大約是十三歲到十八歲，宛若一段戰國時代，對內要面對賀爾蒙大噴發，身心變化劇烈，對外要忙著捲進升學壓力的漩渦，為未來的生涯尋找方向。童年漸漸遠離了，每個人都踩著摸索的腳步，在心裡勾勒著成年世界的模樣。

在這個階段，一半孩子一半大人，一半依賴一半獨立，生命的夢想開始孵育，意氣風發的小舟準備揚帆，渴望前進又不免害怕，分明天真卻想要裝老成，內心充滿矛盾衝突，經常在自信和懷疑之間擺盪。但青春畢竟是無可阻擋的，就像一棵綠色小樹舉起枝枒努力朝向天空伸展，那股旺盛的生命能量真讓人無比懷念啊！

寫信給青春期的自己，也是我很喜歡的寫作主題。這個階段的任何年齡都很值得書寫，不過我最常邀請大家書寫十七歲。

十七歲是一個很特別的年紀，青春期到了尾聲，有點成熟但還沒辦法自立，羽翼漸豐但仍無法高飛，大人般的身體裡還包裹著未成年的靈魂。你還記得自己十七歲時的模樣嗎？當時的你正在為愛情傻笑嗎？在為升學壓力苦惱嗎？在為了掙脫束縛而叛逆不馴嗎？在為美好友誼一起奮鬥嗎？今天的你如果跟十七歲的自己相遇，你會想說些什麼呢？

有一位朋友的書寫讓我很感動。她在十七歲生日的時候，為自己唱了一首歌：

親愛的十七歲：想到你，就忍不住哼起你最愛的那首歌〈隱形的翅膀〉：「每一次都在徘徊孤單中堅強，每一次就算很受傷也不閃淚光。我知道，我一直有雙隱形的翅膀，帶我飛，飛過絕望。」心裡升起一股暖暖的溫柔。

你的童年不像一般孩子那樣幸福。小學三年級的時候爸媽離婚，你原本是跟媽媽，後來媽媽談戀愛了，就把你推給爸爸。但爸爸也忙著交女朋友，根本沒時間管你。你的功課一落千丈，在學校裡沒什麼朋友，放學回到家裡也是空蕩蕩，只好晃去外面買便當吃，沒有人關心你的存在。

爸爸和媽媽都各自再婚，有了新生兒，你變成多餘的小孩，徘徊在兩個新家庭之間，成了最尷尬的陌生人。爺爺奶奶不忍心你一直被冷落，把你接回南部，你才終於擁有一個穩定的家。

爺爺奶奶給你很多愛，想要彌補你內心的傷痕，你都知道，而且充滿感激。你每天認真寫功課，不讓爺爺奶奶為你操心。當同學們整天在擠青春痘、陶醉在戀愛夢裡，你只想好好讀書考上好大學，成為爺爺奶奶的驕傲。你比同年齡的孩子早熟，從來沒有叛逆期，每年生日很開心拆開爺爺奶奶送的禮物，從不期待爸媽會記得。你知道，有爺爺奶奶的愛就夠了，足夠你好好長大。

你是對的。今天的我可以驕傲地告訴你：爺爺奶奶的愛非常強大，足夠我們揮別過去的所有陰暗，盡情去追求夢想，成為一個負責任的大人。因為我們擁有一雙隱形的翅膀，陪伴著我們勇敢去飛翔。

另一位朋友也寫到十七歲的生日，他送給自己的禮物是去刺青：

嗨，你在十七歲生日那天想要做一件特別的事，想了半天，決定去刺青。你是一個矛盾體，外表堅強，內心脆弱，很有自己的想法，堅定朝夢想前進，卻又覺得孤單。你不太會跟別人分享心情，始終相信靠別人不如靠自己，卻又渴望有人懂你。你去刺青後還蠻喜歡那種痛覺，把重要的人刺在身上，有一種陪伴感，或許你還是太害怕自己一個人吧。

那時候你的夢想是當個很厲害的廚師，期許自己好好讀書，考上證照，未來要認真工作，買一棟房子，去好多地方旅行。現在看著手臂上的刺青，當初的夢想有些改變了，但是我沒放棄，仍然走在夢想的路上，仍然在尋找自己的價值和意義。我不會讓你失望的，我會繼續加油！

你的十七歲是什麼樣子，你還記得嗎？

Note

嗨，親愛的十七歲

親愛的主人，我是你的身體……

我常開玩笑說：「很多人一直在尋覓靈魂伴侶。其實唯一能夠陪伴靈魂一生一世的，就是我們的身體。」當我們誕生，靈魂就搭乘著身體這一艘小船，在世間汪洋裡乘風破浪，經歷一切風風雨雨和喜怒哀樂，直到死亡那一刻來臨，靈魂和身體才會分離。

既然身體這麼重要，我們的靈魂是否有好好珍愛它，經常對它表達感謝呢？

好像沒有喔。現代生活的壓力常常讓我們忽略身體，甚至拿身體出氣。餓了不吃，累了不休息，晚了不睡，還常站在鏡子前面搖頭批判：「眼睛要再大一點多好」、「雙下巴好討厭」、「腰圍越來越粗啦」、「小腿不好看，害我不敢穿裙子，只能穿長褲遮醜」……

身體好委屈，都要哭哭了。

為了提醒大家重視自己的身體，我會進行一種擬人化書寫，請大家挑選一個自己最不滿意的身體部位當主角，向你本人表達抗議。這樣的寫作很有趣，請看這些例子：

> 親愛的主人，我是你的瞇瞇眼。你從小就一直嫌棄我，每次拍照都要我用力睜大，化妝時也總是刻意想把我修飾得體面些。你從來不會讚美我，完全忽略我的貢獻。我是你的靈魂之窗耶，如果沒有我，你怎麼看得到這個美麗世界？怎麼欣賞那些漂亮的藝術品？怎麼跟你心愛的人互相凝望？請你不要再批評我，請好好讚美我，珍惜我，不要再整天盯著電腦和手機，請你帶我去看看遠方的青山綠水，讓靈魂之窗永保健康，可以嗎？

****

親愛的主人，我是你彎彎的脊椎。我一直站在你背後，因此你從來不曾看見我，也不關心我，直到最近你經常腰酸背痛，醫師幫你照X光，你才驚訝地發現我早已失去挺拔的英姿，扭曲成彎彎的弧度。你長期姿勢不良，又老是窩在沙發上不運動，現在醫師叫你要復健、要伸展、做瑜伽，你要乖乖聽話喔，我是不可能恢復了，但我也不想再繼續惡化，難道你非要把我推上手術台才甘心嗎？好了，不要老坐著，趕快站起來動一動吧！

****

親愛的主人，我是你可憐的胃。你是個愛吃鬼，甜鹹酸辣冷熱不忌，為了滿足口腹之慾，烤牛排鹹酥雞麻辣鍋泡麵冰淇淋通通往我這裡送，也不管我是否工作過量，能不能負荷。更過分的是，你特愛吃宵夜，吃完你就呼呼大睡，我卻要熬夜加班消化這些食物。最近我累了開始抗議，醫生用一支細細長長的管子伸進來偷看我，才發現我過勞的狼狽模樣。這下子你該節制了吧。請你開始愛護我，吃東西要細嚼慢嚥，要保持清淡，而且只能吃八分飽，要讓我有時間休息。如果你再虐待我，小心我生氣罷工，到時你就什麼都別想吃啦！

這樣的寫作蠻有意思吧！你的身體是否也蠢蠢欲動，想要對你發出抗議信和咆哮信了呢？

我們的身體並不完美，甚至有些缺陷和病痛，譬如我的右腳不好，曾經讓我感到很自卑。但現在我已經不介意了。畢竟，這副身體是我們活在世間最親密的夥伴，沒有了這副肉身，靈魂將無處棲息，只能歸返飄渺的天堂。我感謝它都來不及呢！

不論身體高矮胖瘦、健康或虛弱，都值得好好被接納、被善待、被珍惜。請不要再批評嫌棄它，要多多欣賞它讚美它，多傾聽它的抗議，了解它的需要，好好愛護它啊！

Note

親愛的主人，我是你的身體

你曾經傷害過我……

人生在世，在各種人際關係的碰撞中，誰的心上沒有一些大大小小的傷口？只是有些傷比較輕，很快就好了；有些傷卻相當沉重，當時的痛楚到今天仍記憶猶新。

你願意寫一封信給傷害過你的人嗎？你願意重新面對這些傷痕嗎？

寫這封信不是為了對方，也不是要你寬恕或原諒。一切的書寫都是為了要善待自己。如果心裡有傷，對某人有恨，不要把這些負面能量積壓在心裡，透過書寫來釋放是很安全的一種方式。邊寫邊哭、邊寫邊罵，都沒關係，不需要壓抑，寫過、哭過、罵過，情緒也會得到一些宣洩。

不要期待一次書寫就可以療癒傷痕。越深的悲傷和憤怒，越需要時間去慢慢處理和面對。它是一段時間的旅程，不要急，慢慢來。不論你是站在療癒的起點、中途或接近終點，都可以不斷書寫，一直寫到你的心感到自由為止。

一位朋友想起小學老師的勢利和偏心，讓他差點走上叛逆之路：

> 你曾經無情傷害我，只因為我家很窮，沒辦法跟你補習，你的眼睛從不看我。你跟那些有補習的同學嘻嘻笑笑，經常稱讚他們，至於班上的窮孩子就任我們自生自滅。因為你，我知道大人世界很現實，逐漸有了叛逆心，差點走偏，幸好後來碰到一些好老師才讓我慢慢走回正軌。你知道一個老師對孩子的影響有多大嗎？現在的我決定到偏鄉服務，就是希望那些被學校傷害的弱勢孩子也有

機會得到鼓勵和支持。你帶給我的傷害，是我今天想要推動教育改革的最大動力。

一位朋友說，媽媽是她最大的功課，也是她最重要的療癒主題。

媽媽，過去十幾年來，你一直在傷害我們。你罵我和妹妹很笨，不會撒嬌，所以爸爸不要我們，你還說如果我們是兒子，爸爸就會捨不得。你們離婚是你們之間的問題，為何怪到我們頭上呢？我們都想逃離你，考上大學就立刻搬出去，不想再被你的負面能量干擾。

但我們是母女，我如何能逃得了？你年紀越大越沒安全感，擔心老了之後我們不會養你，所以不斷向我們索求，每個月都要匯錢給你，只要遲個一兩天，你就打電話一直催逼，還哀嘆生女兒就是沒用，早晚要嫁人，如果是兒子就不怕老了沒依靠。我以前聽到這些話總是憤怒又傷心，也因此踏上療癒之路。現在我已經慢慢看開了，聽到你的抱怨只是一笑置之，不再跟著你的情緒起舞。不要太靠近你，不要太在乎你，就不會受傷害，但這樣的母女關係還是讓我有點傷心啊！

一位朋友寫到辦公室的黑暗面，關於友誼的背叛：

為了爭奪升遷的職位，你居然在辦公室裡散佈我的八卦和謠言，聯合一些同事排擠我。我感到心寒。大家都說在職場不容易交到真心朋友，我還不相信，沒想到一點利益果真就讓你失去靈魂。後來你得到那個職位，而我離開去尋找更開闊的天空。塞翁失馬焉知非福，我很慶幸我當初的決定。

一位朋友寫到愛情欺瞞的傷痕，幸好她果斷脫離不負責任男人的泥沼，終於找到新的幸福：

你的欺騙，曾經傷害我如此之深。要不是我無意中從你手機簡訊裡發現你有女友，我還一直被蒙在鼓裡。我一點都不想介入別人的感情，你的欺瞞卻害我莫名其妙變成第三者，真是太過分了。你一直懇求我原諒，說你已經跟女友提出分手，但她無法接受，要我再給你一點時間。我聽了更生氣，我為何要背負讓另一個女孩痛苦的罪名？就算你們真的分手，我還是會覺得歉疚，我不想讓自己落入這樣尷尬的處境。

我斷然跟你分手，但是情傷的後座力卻漸漸浮現。我居然整整被欺騙了兩年，有很長一段時間我無法再相信愛情，也無法放心信任男人。直到遇見現在的先生，我才重新打開心門，並且勇敢走進婚姻。

有人曾經傷害過你嗎？如果你準備好了，就來寫寫它吧，透過紙上的文字，讓這個隱隱作痛的傷口從陰暗處走出來，讓它看看陽光，吹吹風，靜靜陪伴它，等待它慢慢癒合結痂。

Note

你曾經傷害過我

謝謝你，我生命中的天使……

「謝謝你！」是人世間最美好的話語之一。

當我們真誠地說出這三個字，表示有人付出了友善與溫暖，而我們接受到了這份心意，並且深深感激。

生命是孤獨的，所有的問題和困難都要自己學會面對；但生命同時也是互相交織關聯的，當我們陷入迷惘掙扎的時候，經常會有人適時伸出援手，拉我們一把，像天使帶來光明和希望，幫助我們脫離迷障和難關。

感謝的心情是一股很棒的正向能量。當我們向人表達謝意，就是把這份正向能量散發出去。每次書寫這個起始句時，空氣中總是洋溢著明亮溫馨的氣息，真的很神奇。

一位朋友寫信給國中老師，感謝她的鼓勵和陪伴：

> 親愛的林老師，謝謝你，陪我走過國中的苦悶時期。我從小就很獨立，爸媽忙著生計沒時間管我，我總是一個人打理好所有事情，上課、考試、寫作業都不用爸媽操心。但我的內心是寂寞的，很希望有人能夠照顧我，關心我，有狀況時能陪我一起經歷和面對。可是爸媽有自己的問題和煩惱，根本沒有心力關注我的心理需求。我看到同學的爸媽會對孩子表達關愛，心裡很羨慕，我們家連交談都很少，更別說微笑和擁抱了。
>
> 我把這些寂寞寫在週記上，你開始注意到我，經常跟我聊天，鼓勵我。我沒什麼朋友，分組討論時你就刻意把我分到活潑的同學身邊；我不知道該考哪個學校，你拿很

多資料給我參考，為我分析建議；我缺乏自信，你就鼓勵我加入社團，透過學習增加成就感。你很像我的大姐姐，讓我可以依靠。直到現在，我想起你，心中都充滿感謝。

一位朋友寫信給過世的妹妹，一面寫一面落淚：

親愛的妹妹，謝謝妳，妳是我心裡永遠的天使。我終於能夠說出這句話了。當初，妳選擇結束自己的生命，我無比震驚和傷痛，潛意識裡甚至無法原諒妳。妳一直被憂鬱折磨，不止一次提到想要結束痛苦，都被我生氣打斷。我好害怕妳被這個念頭牽著走，所以快速轉換話題。但最後妳還是選擇了這條路。

我除了悲傷和不捨，還有怨怒。我怪妳：為何要讓家人承受這種沉痛？為何妳不堅強一點，為何要選擇放棄？為此我去參加哀傷輔導和心理治療，在一次活動練習中，老師說：「讓我們以愛祝福逝者，讓我們記住他們最好的樣子。」我忍不住痛哭。我想起許多我們從小到大相處的時光，我想起妳的笑容，我想起妳愛吃的東西、愛聽的歌、愛穿的衣服，我想起的都是妳快樂可愛的模樣。我開始相信：每個靈魂都有自己的選擇。我們在此生相逢，有幸成為血濃於水的姐妹，對我充滿意義。妳是我心裡永遠的天使，謝謝妳曾經給過我們的美好時光！

一位朋友寫信給熱心的前輩，謝謝她幫助自己克服婚姻的挑戰：

親愛的王姐，謝謝妳，陪我走過那段婚姻危機的痛苦。當我知道老公有外遇時，心都碎了，我一直以為我們的婚姻很幸福，原來都是假象，沒想到終生相守的誓約如此不堪一擊。我第一個念頭就是放棄，我無法容忍有第三者介入我的婚姻，我寧願成全他們。

這時候還好有妳。妳也是走過婚姻裡風風雨雨的人，以過來人身份給我很多實用的建議，例如：面對外遇時首先要保持理智，找到問題癥結。重點是我跟老公的關係，完全不需要把小三扯進來。不要意氣用事，不要輕言放棄，但也不要委曲求全。先確定自己要什麼，再來討論下一步。先看看老公的反應，他如果珍惜我，我可以考慮留下；他如果無情無義，那我的反擊也無需客氣。我們不要傷害別人，但面對別人的傷害，我們也不能懦弱……

妳陪著我一步步安定自己的心，釐清腦中的思緒，終於挽救了瀕臨破碎的婚姻。經過這段波折，我更了解婚姻的真諦。謝謝妳，教了我這麼重要的一課。

你曾經遇見過哪些熱心善良的天使呢？不要遲疑，提筆寫一封信表達感謝吧！

Note

謝謝你，我生命中的天使

嗨，我心裡的小魔鬼……

每個人的心裡都住著幾隻散發負面能量的小魔鬼。這些小魔鬼很愛搗蛋，常常在我們的內心劇場跑來跑去，煽風點火，忽隱忽現，讓我們防不勝防。

小魔鬼的數量眾多，族繁不及備載。譬如生氣鬼，動不動就爆炸發脾氣；討厭鬼，看什麼都不順眼，凡事都愛批評；嫉妒鬼，長著一雙紅眼睛，看到別人擁有好東西就超級不爽；自卑鬼，老是低著頭縮著肩膀，眼睛盯住地面，唉聲嘆氣自己不如人；狂妄鬼，拿著一把長長的喇叭到處自吹自擂，眼比天高；害怕鬼，整天左顧右盼，膽顫心驚，一點風吹草動都嚇一大跳。

每次講到這個起始句我都忍不住笑，因為我的心裡就是一座熱鬧的魔鬼帝國，各式各樣的妖魔鬼怪全都有，不時就會有一片陰影從我心上飄忽而過。

認識它們之後，就覺得這些奇形怪狀的小魔鬼其實並不可怕，有些傢伙我從小就認識了，熟悉得很呢！它們最喜歡在我耳邊絮絮叨叨，有時候更過分，拿著一條繩索就想牽著我的鼻子走，無非是想要壯大它的影響力罷了。

對付它們最好的方式，就是戳破它們的詭計，保持清醒不上當。如果它們鬧騰得兇，就坐下來跟它們說說話。有一次，我寫一封信給心裡的不安全感：

嗨，不安全感，你怎麼又發作了？你好像一個無底的黑洞，我花費再多力氣都無法把你填滿。怎麼辦呢？你讓我疲憊不堪。我不想再這樣下去了。我可不想一直坐在黑洞旁邊哭泣，而錯失了路上的風景。我決定帶著你一起去冒險，不安全又怎樣？我們就在害怕中保持前進吧。

還有一次，我寫信給最熟悉的老朋友，警告它不要作怪：

喂，自我懷疑，你為何老是不放過我，你很狡猾，平時躲得好好的，讓我幾乎忘記你的存在，但只要有好的機會降臨，你馬上蹦出來，在我耳邊呢喃：「你行嗎？你能力夠嗎？你可不要丟人現眼喔，還是拒絕吧……」

就像昨天我跟客戶開會，對方一直強調他們對專業的要求，這時候你又出現了，在我心裡攪起一股緊張和驚慌，很擔心自己的表現無法讓客戶滿意。但是我決定把你一腳踢開。我在這個行業十幾年，又不是菜鳥，我到底在怕什麼？別人半瓶醋就可以搖得響叮噹，我卻老是在擔心自己不夠好，實在太荒謬了。都是你這個傢伙在興風作浪。

我已經知道要如何對付你了。我感謝你的提醒，讓我不要自大，要不斷充電提升自己，但是我不會因為你的挑撥而放棄迎接挑戰，我要抓住每一個機會鍛鍊自己，證明自己，當我的信心越來越堅定，就是你要搬家的時刻了。哇哈哈！

一位朋友書寫到恐懼，也很有意思：

嗨，我心裡的恐懼：你一直跟隨著我，我居然都不知道，直到女兒生病了，我為了照顧她而焦頭爛額，才突然看見你巨大的身影幾乎把我團團圍住。原來。我一直拼命賺錢，是因為你；我管教孩子非常嚴格，是因為你；我有完美主義，也是因為你。我的人生一直被你控制，被你的力量驅動。我怕窮、怕病、怕災難、怕孩子不乖、怕自己出錯，重重疊疊的恐懼把我捆綁束縛得喘不過氣。

看見你之後，我決定掙脫你的掌控。我先練習放鬆，尤其是對孩子，不再要求他們完美，出錯出糗都沒關係，暫停學業也沒關係，不必再跟別人比較，只要身心健康就好。接著我練習簡樸，不必花太多錢也可以過日子，沒錢就省省地過，讓我對未來的恐懼降低。

當你逐漸遠離，我們的生活也變得輕鬆很多。慢走，不送囉。

在你心裡住著哪些小魔鬼呢？它們對你的生活有哪些影響？你認識它們嗎？不必排斥或掩蓋，就讓它們探出頭來，仔細看看它們的模樣，跟它們說說話吧。

Note

嗨，我心裡的小魔鬼

親愛的老天爺……

小時候，我是一個不太快樂的孩子，經常沉溺在自怨自憐的小黑洞裡，偶爾仰頭望著天空，祈求老天爺改變我的命運。但是白雲悠悠，長空默默，祂安坐在雲端高處，根本沒理我。

我慢慢長成一個不太快樂的大人，不再跟老天爺說話。後來我踏上療癒之路，把內心的自卑和憂傷逐漸釋放，一步步清理之後，突然發現最後一道關卡就是跟老天爺和解。

原來我對老天爺充滿怒氣。我討厭我的命運，討厭祂不回應我的祈求。我不相信祂會幫我，所以我一切只能靠自己，在茫茫宇宙中孤獨奮戰，辛苦漂流。

跟老天爺和解，就是學會相信。相信自己的命運，相信生命中的一切都有意義，相信所有的苦都不會白受，苦難背後都藏著漂亮彩蛋。不以世俗眼光來判斷自己的人生，每個人的今生功課都不一樣，接納已經發生的一切，以自己喜歡的步伐繼續往前走，就對了。

我慢慢跟老天爺和好了。我們之間的友誼不像世俗宗教那麼功利，我不祈求祂應許我的願望，只要祂聽我說說話就行了。每當我仰望天空，以渺小的肉身凝視浩瀚宇宙，向永恆無限的時空訴說著塵世心情，就覺得有老天爺這個大朋友還真不錯。

不過我有時候也會拜託祂一下啦。年初的時候我跟祂祈求：

親愛的老天爺：請賜給我好運，讓我搶到五月天和阿妹演唱會的票。我今年只想看這兩場演唱會，其他地方都不會亂花錢，拜託拜託，謝謝！

結果我雖然沒搶到票，卻幸運地承接了別人的退票。耶！或許祂真的有出手相助喔，我仰起頭來跟天空揮揮手，開心說：謝啦！

老天爺象徵寬闊全知、慈悲智慧的巨大能量，當我們寫信給老天爺，就是與這股靈性力量連結。仔細傾聽每個人寫給老天爺的信，都洋溢著對家人的關愛、對幸福的渴望、對美好與快樂的追尋，即使面臨驚慌失措、痛苦挫敗的處境，還是懷抱著盼望，祈求自己和心愛的人能夠克服困境，走向明亮溫暖的人生。這些書信都讓人很感動。

一位朋友書寫到他的孤寂與困惑，向老天爺發出抗議和質疑：

親愛的老天爺：最近我很像一個虛無論者，質疑一切意義，什麼都不相信。我不相信愛情，不相信友誼，不相信未來，每天用盡努力很辛苦的活著，到底是為什麼？生命就像拼命堆積木又推倒，不斷寫作又撕掉，到最後是不是一場空？只剩下一個人和滿滿的孤寂？我乞求上天指引，給我信心，讓我知道這種孤寂感只是一種幻象，我被這個幻象困住好久了，覺得好累。如果宇宙間真有一個無比神奇的力量，請祢明確讓我知道，讓我不再質疑。但是我祈求了這麼久，祢為何仍保持沉默，不肯給我任何回應？難道連祢也放棄我了？

這位朋友覺得自己很虛無，我轉頭問大家，在這篇文章中聽到了什麼？大家紛紛回饋說，聽到了不斷掙扎的生命力、建立又破壞的活力、追尋意義的熱情、不願被放棄的抗議、想要打破孤寂與人連結的渴望等等。

我笑著回頭問這位朋友：「你跟老天爺說了這一大串話，表示你的一顆心根本是熱騰騰的，充滿火氣和能量，不是嗎？你自己沒有看見嗎？」

這位朋友聽著大家的回饋，溫熱的淚水滾滾落下。當他看見自己身上的熱情與能量，看見自己的渴望與追尋，努力的方向已經清楚浮現。

還有一位朋友的書寫也很動人，他請老天爺見證他走出情傷：

親愛的老天爺：為了向往日戀情告別，我決定攀登玉山，爬到全台灣離祢最近的地方，請祢為我做見證。這是我第一次攀登玉山，沿途的岩壁、斷崖、碎石、稜線非常驚險，讓我專注在腳下，忘記所有思慮。當清晨的太陽從群山中緩緩升起，世界由晦暗的沉睡中逐漸甦醒，慢慢透出光亮，最後光芒四射霞光燦爛，天地無言，卻讓人莫名地感動。

我仰頭看看祢，謝謝祢讓我遇見美麗的愛情，而今我已將這份難捨的愛戀釋放到風中。謝謝祢！讓我的心恢復自由。

你有多久沒跟老天爺講話了？你覺得祂在雲端高處，是否正靜靜聆聽？現在就仰望天空，跟親愛的老天爺說說話吧！

Note

親愛的老天爺

Note

【附錄一】
關於心靈寫作的Q&A

Q1：一定要用紙筆嗎？可以用電腦寫作嗎？

A：當然可以。你可以嘗試各種書寫工具，選擇自己最喜歡的方式。只要把握最基本的原則：想到什麼寫什麼，不要因為輸入法的障礙而打斷思緒的流動，就行了。

不過，紙筆的書寫還是很迷人的。隨身帶著一本筆記本，不管在咖啡館、捷運上、大樹下、公園長椅、旅行途中，隨時隨地都可以坐下來寫作，手中的筆在紙上奔跑，一個個文字透過筆尖流瀉而出，這種身體感會讓內在能量更順暢地流動。

所以就算有了電腦，偶爾還是要體會一下手寫的樂趣啊。

Q2：每次一定要寫十分鐘嗎？

A：對於初學者來說，我建議至少要寫十分鐘，用鬧鐘計時，很方便。

寫作也是需要熱身的，剛開始的五分鐘可以算是熱身狀態，持續寫下去，內心的感受會慢慢浮上來，讓你想起更多回憶和畫面，讓書寫越來越深刻。如果沒有寫足十分鐘，可能沒機會體驗到這種感覺，那就太可惜了。

等到你熟練自由書寫的方法，就可以隨心所欲，想寫多久就寫多久。

最棒的書寫狀態是寫到欲罷不能，渾然忘我，完全沉醉在內心世界，時間在不知不覺間悄悄流逝。

根據我的經驗，這種高峰經驗最常發生在兩種時刻，一是痛苦失戀的時候，一是沉醉在大自然裡。前者可遇不可求，後者倒是可以自己創造的。

我以前到英國旅行的時候，曾經坐在英格蘭湖區的美麗湖畔一整個下午，拿出紙筆寫作，寫累了休息一下，抬頭欣賞湖光山色，興味盎然看著往來穿梭的各國旅客，激發出新的靈感，又埋首繼續寫。那個在湖畔書寫的夏日午後，讓我記憶很深刻。

所以，偶爾帶著紙筆走近大自然吧，去享受綠意盎然的寫作之旅。感覺很不錯喔！

Q3：覺得腦袋一片空白，沒東西可寫，怎麼辦？

A：只要是你關心的事物，一定有東西可以寫。你不一定要在書裡尋找起始句，從日常生活去找吧。寫你心愛的寵物、此時此刻最想吃的食物、你為何生氣、你的旅遊計劃。寫你有興趣的主題，腦中就會思緒紛飛。

你也可以從日常談天話題中尋找寫作點子。例如你跟家人聊到父母年紀大了讓你有點擔心，或者你跟朋友抱怨教養孩子的煩惱，這些讓你深有感觸的主題，就是最好的寫作起點。你不妨試試看。

Q 4：覺得自己寫的東西就像流水賬，沒什麼意義？

A：流水帳式的書寫，通常是只交代很多事情，卻沒有碰觸到感情。這時候你可以運用一些神奇的句子，例如「其實我真正想說的是……」、「其實我真正的感覺是……」、「其實我真正在乎的是……」，讓這些句子引領你直接切入核心，坦率把內心的真正感受寫出來。

不要再寫那些不痛不癢的事，乾脆直搗黃龍，直接去碰觸你真正的感覺，那些會讓你笑、讓你哭、讓你的心又痛又癢的事物。

假如你的罩門是愛情，那就直接面對吧！寫你過往的戀人、寫你心動的那一刻、寫你曾經有過的快樂、憧憬、爭執、失落、心碎和痛楚，寫下每一個記憶深刻的畫面。當你碰觸到強烈的情感，才能夠體驗到心靈寫作的神奇能量。

Q 5：寫作碰觸到自己不願面對的情緒，怎麼辦？

A：在課程中我總會重複叮嚀：不要害怕你的眼淚，也不要害怕你的笑聲。當淚水湧上的那一刻，內心滿溢著豐富的感情，不論是感謝、懊悔、遺憾、憐惜、哀悼、脆弱、憤怒或恐懼，都是你心靈裡真實存在的情感，就像耍脾氣的孩子一樣，渴望著你看見它們、接受它們、釋放它們。

把那些你不願面對的情緒一直壓抑在內心深處也不是辦法，還是要慢慢學會面對，你可以把它們釋放到紙上，然後用一個簡單的儀式跟它們道別，例如燒掉它或撕掉它，一次又一次練習，讓這些負面情緒減輕和遠離。

如果這些情緒很嚴重困擾你，你沒有把握面對，建議你找專業人員協助。我有一些朋友在接受心理治療的過程中，持續搭配心靈書寫，有了治療師的陪伴，就可以勇敢書寫得更深入，對療程很有幫助喔。

Q 6：寫作可以自我治療嗎？

A：這是一個很複雜的問題。我相信寫作具有療癒的力量，它可以幫助你釋放情緒的壓力，整理混亂的思緒，挖掘內心深處的情感，幫助你更了解自己，這些對於自己的心理健康確實有莫大的幫助。

不過，如果你面對的難題比較巨大，你無法只靠自己的力量去克服和跨越，那麼，最好尋找專業人員的協助。你還是可以持續書寫，把寫作當成親密的好朋友，陪伴你走過艱辛的療癒旅程。

Q 7：如何創造新的起始句？

A：起始句俯拾皆是，什麼都可以寫。你可以寫顏色（你最喜歡的顏色、最討厭的顏色……），寫食物（榴蓮、麵疙瘩、糖炒栗子……），寫島嶼的天氣（清明時節的梅雨、颱風、炎炎夏日的消暑秘方……），寫你最關心或最難忘的人（家人、老師、好朋友、情敵……），寫你的生日禮物、你的幸運數字、你的旅行計畫、你的寵物、你的祕密、你的失望、你的憤怒、你的夢想……

為了掌握一閃而逝的靈感，你可以隨身帶著小本子，想到寫作點子就記下來，列出一串起始句清單，例如「媽媽決定要動白內障手術」、「我好怕看牙醫」、「減肥是一種罪惡」、「誰說胖女孩不可愛」、「我好想去旅行」、「下雨了」、「我好想哭」……。有了這個本子，你就可以源源不斷寫下去。

Q8：如何持續寫作的動力？

A：最好的方式是找到幾個朋友一起寫作、一起分享、互相鼓勵。可以每週一次或兩週一次，相約在咖啡廳或某處公園的樹下，每個人找個舒適角落，開始寫作。

現在網路如此發達，你也可以建立一個心靈寫作的社團或群組，隨時分享彼此文章，互相交流回應。在這莽莽塵世中，以文會友是很特殊的一份情誼，祝福大家都有幸得以遇見可愛的文友，一起分享寫作的美好能量。

【附錄二】

延伸閱讀

- 《心靈寫作：創造你的異想世界（30年紀念版）》（2016），娜妲莉·高柏（Natalie Goldberg），心靈工坊。
- 《狂野寫作：進入書寫的心靈荒原》（2007），娜妲莉·高柏（Natalie Goldberg），心靈工坊。
- 《療癒寫作：啟動靈性的書寫祕密》（2014），娜妲莉·高柏（Natalie Goldberg），心靈工坊。
- 《寫，在燦爛的春天》（2016），娜妲莉·高柏（Natalie Goldberg），心靈工坊。
- 《生命書寫：一趟自我療癒之旅》（2012），蔡美娟，心靈工坊。
- 《就是愛寫作》（2008），朱天衣等，時報。
- 《靈魂寫作：接收內在智慧的指引，解決問題，改變你的生命》（2014），珍妮·康納（Janet Conner），啟示。
- 《創作，是心靈療癒的旅程》（2010），茱莉亞·卡麥隆（Julia Cameron），橡樹林。
- 《生而自由，寫而自由：一個美國記者與南非女孩們的心靈寫作課》（2016），金柏莉·伯爾格（Kimberly Burge），時報。
- 《靈性的呼喚：十位心理治療師的追尋之路》（2017），呂旭亞、李燕蕙等，心靈工坊。
- 《一日浮生：十個探問生命意義的故事》（2015），歐文·亞隆

（Irvin D. Yalom），心靈工坊。

- 《受傷的醫者：心理治療開拓者的生命故事》（2014），林克明，心靈工坊。
- 《故事的療癒力量》（2012），周志建，心靈工坊。
- 《擁抱不完美：認回自己的故事療癒之旅》（2013），周志建，心靈工坊。
- 《心靈祕徑：11個生命蛻變的故事》（2009），白崇亮、呂旭亞等，心靈工坊。

Note

如果我是一隻動物，那我就是一隻披著綿羊外衣的獅子。長期以來，我都自以為是一隻溫馴膽小的綿羊，別人也很喜歡我的友善溫和，我因此而自豪。我很善體人意，我習慣為人著想，我不會跟人衝突，事實上我根本不會吵架，碰到麻煩就趕緊迴避閃躲。我很安靜，淡泊無爭，只要有一方藍天綠草就心滿意足。

但我體內似乎有另一個靈魂正在甦醒，蠢蠢不安，在深深遠遠的角落

Note

發出低微的吼聲。我感到不滿足，不快樂，有些沮喪。我發現自己不懂得宣洩憤怒，不敢展現攻擊力，我不習慣獨斷獨行，展現叛逆的力量。我深深陷入綿羊的認同中，把善良的微笑當作自己。人到中年，我才漸漸意識到，綿羊只是一件我喜歡的舒適外衣，它是我的一部分，卻不能代表我的全部本質。

我的內心深處還住著一隻獅子，驕傲、自大，孤獨，桀驁不馴，

Note

渴望擺脫一切枷鎖，渴望自由，
渴望力量，渴望改變。我的吼聲
其實沒那麼柔弱，我的四肢其實
可以大步向前，只是我把這隻
獅子藏得太深，以致於連自己都
未曾覺察到牠的存在。直到已
屆中年，這隻沈睡的獅子終於
逐漸醒來。那天，在冥想練習時，
我看到自己像一隻獅子站在高高的
懸崖上，凌亂的鬃毛隨風飛揚，
孤身一人，天地卻如此寬闊自由，

Note

我感覺到體內有一股新生的
力量正在升起。
我喜歡綿羊的柔順，也喜歡獅
子的強壯；我喜歡友善的微笑，
也喜歡孤傲的叛逆。這兩種
靈魂都是我自己。

Holistic 115

寫出你的內心戲：60個有趣的心靈寫作練習

Write Down Your Inner Drama：60 Interesting Writing Practices

作　　者—莊慧秋

出 版 者—心靈工坊文化事業股份有限公司

發 行 人—王浩威　總編輯—徐嘉俊

責任編輯—趙士尊　美術設計—高鍾琪　內文排版—周雪伶

通訊地址—10684台北市大安區信義路四段53巷8號2樓

郵政劃撥—19546215 戶名—心靈工坊文化事業股份有限公司

電話—(02)2702-9186 傳真—02)2702-9286

Email—service@psygarden.com.tw 網址—www.psygarden.com.tw

製版・印刷—彩峰造藝印像股份有限公司

總經銷—大和書報圖書股份有限公司

電話—02)8990-2588 傳真—02)2990-1658

通訊地址—248新北市新莊區五工五路二號

初版一刷—2017年5月　初版三刷—2024年2月

ISBN—978-986-357-087-5 定價—320元

國家圖書館出版品預行編目(CIP)資料

寫出你的內心戲：60個有趣的心靈寫作練習 / 莊慧秋著. -- 初版. -- 臺北市：心靈工坊文化, 2017.05

面；　公分

ISBN 978-986-357-087-5(平裝)

1.寫作法

811.1　　　　106001457